棒棰岛 · 『金苹果』文艺丛书

LI PING

滕贞甫　主编

大连出版社

DALIAN PUBLISHING HOUSE

© 滕贞甫 2016

图书在版编目（CIP）数据

李萍 / 滕贞甫主编. —大连：大连出版社，2016.12（2024.8 重印）
（棒棰岛·"金苹果"文艺丛书）
ISBN 978-7-5505-1118-7

Ⅰ.①李… Ⅱ.①滕… Ⅲ.①李萍—生平事迹
Ⅳ.①K825.6

中国版本图书馆 CIP 数据核字 (2016) 第 260700 号

策划编辑：张　波
责任编辑：金　琦
装帧设计：蓝瑟传媒（大连）有限公司
责任校对：彭艳萍
责任印制：徐丽红

出版发行者：大连出版社
　　地址：大连市西岗区东北路 161 号
　　邮编：116016
　　电话：0411-83620573/83620245
　　传真：0411-83610391
　　网址：http://www.dlmpm.com
　　邮箱：dlcbs@dlmpm.com
印　刷　者：三河市双升印务有限公司

幅面尺寸：170mm×230mm
印　　张：10.25
字　　数：120 千字
出版时间：2016 年 12 月第 1 版
印刷时间：2024 年 8 月第 2 次印刷
书　　号：ISBN 978-7-5505-1118-7
定　　价：68.00 元

李　萍

1959年9月出生于大连，大连京剧院领衔主演，国家一级演员，工花衫。中国戏剧家协会会员，大连市戏剧家协会副主席。中国戏剧表演艺术最高奖——"梅花奖"得主。

多年以来，李萍荣获了国家、省、市许多奖项。1985年获第二届大连艺术节个人表演一等奖；1986年获辽宁省中青年京、评剧演员比赛优秀表演奖；1987年获全国青年京剧演员电视大赛荧屏奖；1990年获辽宁省首届戏剧"玫瑰奖"；1991年获世界风筝都中国京剧演员邀请赛最佳表演奖；1995年获第十二届中国戏剧"梅花奖"；2000年获大连市文艺创作"金苹果"奖；曾两次荣获大连市文艺人才基金会颁发的"杰出人才奖"；获得过大连市"青年女性人才奖"一等奖；大连市第六届"十大杰出女性"贡献奖；先后获得过大连市政府和国务院颁发的政府特殊津贴；多次获得大连市劳动模范、"三八红旗手"等荣誉称号。

目录 Contents

苦乐人生

站在领奖台上，回味着刻在奖盘上的那
"梅花香自苦寒来" 几个字的深刻寓
意，我真是百感交集，思绪万千。从学
戏、练功、求师、拜师到争取获奖，我经
历了难以承受的曲折，今天，我终于如愿
已偿。回首我的从艺之路，往事历历在
目，心情跌宕起伏。"梅花奖"对我来
说，不仅仅是一份荣誉，更是一份责任。

我从舞台上一路走来

　　我出生于1959年9月，这是一个多事之秋。那一年的下半年传来了一个不好的消息，就是在全国范围内出现了饥荒，即后来人们所说的"三年自然灾害"，再后来又被改称为"三年困难时期"。这一罕见的自然灾害一直持续到1961年。与此同时还有一个好消息，就是那一年的9月26日，在我国东北地区黑龙江省西部的松辽盆地发现了油田。当时正值新中国成立十周年大庆前夕，所以时任黑龙江省省委第一书记欧阳钦提议，将这个油田以"大庆"命名。大庆油田的发现打破了世界地质学界长期存在的中国是贫油国的论调，从此，中国大陆石油工业正式起步。这个利好消息确实是给祖国的10岁生日庆典献上的一份最好的礼物。

　　1966年，我开始上小学，就读的学校是离家不远的大连东北路小学。由于我小的时候特别喜欢唱歌跳舞，10岁时被东北路小学招进了文艺宣传队。那个时候正是革命现代京剧样板戏风靡全国的"文化大革命"时代，我每天跟着戏匣子又是小常宝又是铁梅地唱着，觉得唱戏是很好玩的事。

11岁那年，学校的文艺宣传队排演了全本的现代京剧样板戏《智取威虎山》，我在剧中饰演小常宝，颇受大家的欢迎。坦率地说，这个角色的成功确实在校园内外给我带来了小小的名气，我也由此深得学校领导的赏识。记得学校的军代表还带领我们去过几次驻守庄河的人民解放军部队慰问演出，把革命现代京剧样板戏送给亲人解放军叔叔。

1971年，大连艺术学校成立并开始面向社会招收学员。当时大连市的几个剧团只保留了一个京剧团，时任旅大警备区司令、市革

东北路小学文艺宣传队演出现代京剧《智取威虎山》，我饰演小常宝（中）

委会主任刘德才看到如此情形，担心大连市的文艺界会后继无人，考虑到培养文艺接班人要从娃娃抓起，便有了要办个艺术学校的念头。当时既无师资，又无校舍，更无经费，记得我们刚刚入校的时候，去的是位于昆明街附近的原大连歌舞团大院，因为最初的大连艺术学校只是临时向歌舞团租借了几间房子，听说部分老师还是从

"五七战士"中挑选的。我们京剧班招了五十余人，此外还有杂技班、舞蹈班、音乐班，一共一百七十多人。我们这些人作为大连艺术学校的第一届学生，载入了大连艺术的史册。

我能够顺利地进入大连艺术学校应该感谢我的母亲。1971年12月，当时正巧辽宁省艺术学校和大连艺术学校同时招生，我也就同时报考了两所学校。在母亲的陪伴下，我去了大连艺术学校参加面试，负责招生的老师让我现场演唱了几段现代京剧样板戏，接着又考核了我的舞蹈和踢腿、下腰等基本功。不久，我欣喜地收到了大连艺术学校的录取通知书，然后便按照要求进行了例行的身体检查。这时候，辽宁省艺术学校的录取通知书也到了，我母亲考虑再三，还是决定让我放弃去沈阳读书的机会。事情就这么决定了，我就这样安心地去了大连艺术学校报到，在艺术学校的京剧班开始了新的学习生活。

现在回想起来，当年报考大连艺术学校的那一批学生可真是经过了严格的筛选，因为报名的人多得不得了。1968年年底，毛泽东发出"知识青年到农村去，接受贫下中农的再教育，很有必要"的号召，全国掀起了大规模的知识青年上山下乡运动。那个时候，城里的一些家长们并不是完全自愿地把自己的孩子送到农村去，他们把让孩子进入剧团当演员、捧上铁饭碗看成是一个比较不错的选择。

进入大连艺术学校不久，我就觉得唱戏不太好玩了。每天早上6点准时起床上早课，耗腿、踢腿、下腰、劈叉、拿大顶、跑圆场……一遍功练下来，已经是大汗淋漓。早饭之后，又是前桥、单小翻、蹚子小翻、云里加官……每个动作一做就是几十次、上百次。坦率地说，六年的艺术学校生活为我打下了坚实的武功基础。一天下来反反复复做着同样的动作，除了学文戏、吊嗓子，就是耗腿、踢腿、下腰、劈叉、拿大顶、跑圆场……晚上上自习课，同学们可以自由选择练习项目，什么前桥、小翻、云里加官、踺子小翻等等，我总是选择最苦

1971年，我进入大连艺术学校

最累的功来练。小伙伴们都叫苦不迭，我却很"享受"这种苦生活，并不断给自己加码。老师们也认为我是这块料，不断给我开小灶，让我专练高难度的武功动作。时间长了，艺术学校里开始流传一句话，说我是"累不死的李萍"。没办法，我是学刀马花旦的，文戏、武戏都要练，本身就要比别人付出很多。

在艺术学校期间，我不仅学会了演戏，学到了文化知识，而且还养成了"冬练三九、夏练三伏"的好习惯，后来也把这个习惯带到剧团的工作中。那时候我上班比别人早，看门大爷有时候还没起床，我只能叫醒他帮我开门。等同事们上班了，我已经是汗流浃背，练完功、背完戏了。

1977年，我们第一批学员正式毕业了。与国内其他艺术学校的学生一样，我们在学校学习的都是现代京剧样板戏，几乎没有接触过传统戏。学校本着对京剧事业负责、对学生未来发展负责的精神，决定六年里学习的"我家的表叔数不清"等唱段不能再

唱了，我们这批学员要悉数留下，继续培养。就这样，京剧班毕业生全部留下，成立了大连艺术学校实验京剧团，开始学习封存多年的传统京剧艺术。

回望当年，对我个人艺术成长有着重要影响的第一位老师，就是京剧表演艺术家闻占萍。

闻占萍老师1931年出生于北京，今年虽已85岁高龄，但她仍精神矍铄、思维敏捷。闻占萍老师出身于梨园世家，父亲闻子芳是著名的武生，专攻武二花脸。闻占萍老师十四五岁时就已经是闻名京津两地的角儿了。她主攻旦角，多扮演大家闺秀，主演过传统戏《霸王别姬》《宇宙锋》《红娘》等。1952年，她主演的《宇宙锋》获得第一届戏曲观摩赛表演奖，得到梅兰芳先生的充分肯定。

闻占萍老师对我的培养是尽心尽力的，唱、念、做、打，一个手势、一个眼神她都手把手地教我。为了帮我找到正确的发音部位，我们师徒俩"上金殿""老太君"什么的咿咿呀呀就是半天。无数个日日夜夜，闻占萍老师将太多的希冀和心血倾注在我身上，她期望的是京剧艺术能够后继有人，发扬光大。正是闻占萍老师的言传身教和我这种"累不死"的练法，让我在六年的艺术学校生活中打

与闻占萍老师（右）合影

下了坚实的基础。很快，我就迎来了机会，被选中排演大连艺术学校第一出传统剧目《雏凤凌空》，我在剧中饰演巾帼英雄杨排风。我没有辜负学校领导和老师的期望，这出戏公演后，大获成功。大连地区的京剧观众们也从此知道了大连艺术学校培养出了以刀马花旦见长、能文能武的演员李萍。

此外，对我个人艺术成长有着重要影响的另一位老师就是京剧表演艺术家杨秋雯。

杨秋雯老师，艺名蓉丽娟，1912年出生于北京。杨老师从小喜爱京剧，14岁正式拜师学艺，17岁就红透了上海滩，同时还在上海拍摄了一部电影，那是我国第一部表现戏曲艺人生活的电影——《梨园外史》。18岁那年，杨老师在上海参加义演筹款，救助京剧界贫困同业，周信芳等诸多名家曾甘为她当配角，成就了一段她与大师同台献艺的梨园佳话。更值得一提的是，杨老师不仅文武兼备，青衣、花旦、刀马旦技艺精湛，而且做人也是铁骨铮铮、一身正气。1948年，因不满国民党当局对艺术的凌辱，她毅然以辞演抗争，息影舞台。抗美援朝时期，退出舞台多年的她又在祖国需要的时刻和李少春等名家同台义演，将演出收入全部捐助抗美援朝事业。

在我跟杨老师学过的戏里面，《穆柯寨》是让我受益最深的。记得当时杨老师已年近七旬，她对我说："戏好学，功难练。没有扎实过硬的基本功，就不能完整地刻画好剧中的人物形象。"她不顾年事已高，亲自带着我跑圆场，一口气就是几十圈，真的让我非常感动，并自愧不如。通过这出戏的学习和实践，我越发感悟到，只有不断勤奋学习，才能达到成功的巅峰。

与杨秋雯老师（左）合影

这一切让我对艺术、对人生有了更为深刻的理解，为我以后的艺术创造奠定了良好的基础。不论在学校还是参加工作以后，我都一门心思扑在京剧事业上。我们京剧班的同学大多数都是工人子弟，入学之前对京剧这一戏剧形式了解得比较少，基本上都是从零学起。回忆起那时学习京剧的经历，我也觉得非常有意思。当时为了达到老师的要求，同学们互相比谁起得早、谁练得多，谁得的小红旗最多……我每当看到自己的小红旗比别的同学多的时候，心里可得意了。

我能够取得今天的成绩，应该说得益于我在艺术学校六年期间和后来在艺术学校实验京剧团学到的全面扎实的基本功。我逐步掌握了唱、念、做、打这些演出的基本功夫，并陆续学习、出演了青衣、花旦、刀马旦等戏曲人物角色。这一时期我学习、演出的剧目主要有《红色娘子军》（饰吴清华）、《六号门》（饰马太太）、《红灯照》（饰田小燕）、《雏凤凌空》（饰杨排风）、《白蛇传》（饰白素贞）、《十三妹》（饰何玉凤）、

《拾玉镯》（饰孙玉娇）、《贵妃醉酒》（饰杨玉环）、《八仙过海》（饰金鱼仙子）、《虹桥赠珠》（饰凌波仙子）、《扈家庄》（饰扈三娘）等。我由于比较成功地塑造了一系列舞台形象，开始引起国内京剧界的瞩目。

1984年，大连艺术学校实验京剧团全团转入大连京剧团，从此"大连京剧团"这几个字与我的艺术人生紧紧贴合在一起。1989年9月，大连京剧团有幸请到著名京剧表演艺术家胡芝风来大连，为我执导、排演了她的代表作《百花公主》。

胡芝风老师1938年年底出生于上海。从少年时代起她便开始学习舞蹈、钢琴，在家人的影响下对京剧艺术产生了浓厚的兴趣。胡芝风老师青少年时代学习过京剧，能演三四十出传统戏，后来考上清华大学工程物理系，因迷恋京剧并酷爱这门艺术，在学业完成过半的时候，她又一次重新掂量科学和艺术在她心头天平上的分量，发现总是悄悄地偏向艺术这一边。为此，胡芝风老师做出了一个大胆的而且影响其一生职业发展轨迹的决定——弃学从艺，惜别清华园"下海"唱戏。她学识渊博，艺术功底深厚，对京剧表演艺术勇于探索和创新，在国内京剧界有一定的名气和影响力。

此前，剧团在北京演出时，我观摩过胡芝风老师改编、主演的京剧《李慧娘》，当时就被胡芝风老师精湛的唱、念、做、打功夫，特别是被她勇于创新的精神所折服。她运用了许多新的手法把李慧娘这个人物演绎得异常饱满、丰富、光彩照人、感人至深。当时，胡芝风老师在京剧界刮起了一阵不小的"胡之风"，产生了一定的影响力。看到这一切，我特别希望有机会能跟胡

与胡芝风老师（右）合影

芝风老师学习一些新的东西，从而使自己在京剧表演艺术上更上一层楼。然而，我当时与胡芝风老师并不认识，托人联系了几次也没有结果。就在准备参加纪念徽班进京二百周年活动的时候，我与中国戏剧家协会有了频繁的联系，剧协组联部的段大雄同志得知此事，表示愿意帮忙联系。

他在北京的京剧界颇有人缘，与胡芝风老师的丈夫交情甚笃，就这样，经过段大雄牵线，我和范相成团长一起去了胡芝风老师的家。胡老师和她的丈夫热情地接待了我们，两位老师首先看了我的演出录像，当即谈妥了我向胡老师学戏的相关事宜。我原想学习胡芝风老师的代表作《李慧娘》，但是胡老师提出分两步走，她诚恳地说，《李慧娘》这出戏难度较大，人物塑造方面要求很高，而且戏中吐火的技巧需要一定时间的训练，建议我先学习《百花公主》，第二步再学习《李慧娘》。就这样，我先去了北京胡老师的家中跟她学习《百花公主》，过了一段时间又专程请胡老师来大连排演了此剧。我于1990年以《百花公主》参加首届辽宁戏剧"玫瑰奖"角逐并一举获得此项殊荣。

按照计划，在完成了《百花公主》的学习之后，我将向胡老师学习《李慧娘》，剧团也多次联系安排《李慧娘》的排练，但胡芝风老师的演出和讲学任务很重，而且她经常到国外讲学，因此计划一拖再拖，给我留下了遗憾。

1991年4月的一天，海滨城市大连已是微风习习，清新的空气中仍然能让人感到东北地区初春特有的阵阵凉意。不过，世间万物还是按照自然规律逐渐地呈现出春暖花开的迹象。我的艺术生涯也在这个时期迎来了一个"春暖花开"的阶段。

那是在20世纪80年代末至90年代初，我凭借对京剧的热爱和吃苦耐劳的拼搏精神以及不甘人后的上进精神，已经在国内的京剧舞台上崭露头角。但是，我并不满足已经掌握的演出技艺，有意要拜访名师，期待重塑自己，拓宽自己的京剧艺术发展道路，一心想为弘扬中华民族的国粹——京剧艺术不断进取，并贡献自己的力量。在国内京剧表演艺术圈里，关肃霜老师的艺术风格和她在代表作品《铁弓缘》中展现出的惊人的艺术魅力，一直深深地刻在我心里。她是我心目中的偶像，但苦于无缘和关肃霜老师相识，几次托业内人士搭桥牵线均未果，我的心底未免留下一点儿遗憾，对"关派艺术"，我只能以敬仰之心去感悟，不能入关门聆听名师教诲。当我向我的师姐殷桂芝谈及此事时，她非常热心，表示自己就是关肃霜老师的弟子，愿意给我做进入关门的引荐人。

殷桂芝是中国戏曲学校1963届的学生，毕业后被分配到云南省京剧院，即关肃霜老师的剧团，1987年调入大连京剧团。在她

与关肃霜老师（左）合影

的大力举荐下，关肃霜老师由昆明飞抵大连，一是看望自己的弟子，二是准备收我为徒。

那个时候，关肃霜老师是国内知名的京剧表演艺术家，身兼中国戏剧家协会副主席和云南省京剧院院长的职务。关肃霜老师1928年出生于武汉的一个梨园世家，其父关永斋是京剧鼓师，因此关老师自幼便受到京剧艺术的熏陶。她8岁开始练功，不但学习花旦戏，还学习老生戏、武生戏和老旦戏。1959年，关肃霜老师在赴北京参加国庆十周年献礼演出期间，经文化部副部长夏衍先生介绍，拜梅兰芳大师为师。传统剧目《铁弓缘》是关肃霜老师的代表剧作之一，她在该戏中扎大靠，创造了用靠旗打出手（即运用靠旗杆的弹力把对方的兵器弹回去）的高难度动作技巧，堪称京剧表演艺术中的一绝。《铁弓缘》这出戏展示出她多方面的表演才能和独特的艺术风格，堪称关肃霜老师的巅峰之作，集中展现了她在京剧表演艺术方面的杰出成就。该戏后来被北京电影制片厂拍摄成影片，并获得第三届大众电影"百花奖"最佳戏曲片奖。

经过接触，关肃霜老师十分欣赏我质朴的品格和我对京剧艺术执着追求、吃苦耐劳的精神，认为我在京剧艺术的道路上会有很大的发展空间，所以完整地向我传授了关派代表作《铁弓缘》一戏。为了保证这出戏的武戏质量，她还特地邀请云南省京剧院执排导演苏宝坤来大连执导。

　　《铁弓缘》（又名《大英杰烈》），该戏讲的是已故太原守备之妻与其女陈秀英靠开茶馆度日，太原府总镇石须龙之子石伦见秀英貌美，欲强行霸占，被陈母驱打，适逢石须龙的部将匡忠解劝而作罢。匡忠被陈母邀回茶馆，陈秀英对其一见钟情，与匡忠拉弓比武定亲。后来，石伦父子陷害匡忠，将其发配边关，临别时秀英表示永不变心。后秀英怒杀石伦，女扮男装，携母逃奔太行山借兵为夫报仇，匡忠领兵出战，与秀英重逢，两人始得团圆完婚。这出戏对演员的表演要求非常高，前半部演员以花旦应工，中部还要反串小生。为着力刻画陈秀英忠于爱情、疾恶如仇的优秀品质，该戏安排了大段的【娃娃调】唱腔（京剧娃娃生、小生和武小生行当的专用唱腔），最后又扎上大靠，穿上厚底靴，以武生的表演形式演出还有成套的开打（戏曲中演员表演武打），并且要用靠旗打出手。就这样，在关肃霜老师的悉心指导下，我们刻苦努力，最终在人民剧场完成了《铁弓缘》一戏的排演工作。关肃霜老师对演出效果非常满意。随后，在大连市有关领导的见证下，我在人民剧场正式拜关肃霜老师为师。拜师仪式结束以后，我们一起参加了《铁弓缘》一戏的排演工作座谈会。会上，关肃霜老师、与会领导和专家均对我的表演给予很高的评价，鼓励我继续努力，勇攀艺术的新高峰。

在《铁弓缘》（又名《大英杰烈》）一剧中饰演陈秀英

　　1992年对我的艺术生涯来说是一个重要的转折点，那一年我虽然年仅33岁，但已经有近二十年的艺龄。那些年，我坚持每天练功、耗腿、踢腿、下腰、劈叉、拿大顶、跑圆场，还有吊嗓子，一如既往地保持一身好功夫。我在舞台上演出的实践中，深刻体会到了"台上一分钟，台下十年功"的真谛。京剧艺术博大精深，底蕴丰厚，是一门非常难学的综合艺术，并不是会唱两句会耍几个枪花就可以演好京剧了。因此，如何传承和发展好京剧艺术，如何使自己的表演艺术水平再上一个新的台阶，这些问题经常出现在我的脑海中。后来，在国内京剧界知名专家的建议下，大连市文化局和大连京剧团的领导开始积极考虑并策划邀请著名京剧表演艺术家刘秀荣来大连为我说戏。

　　说到这个问题，我必须先介绍一下我们当时的团长范相成。

范相成团长1947年出生于大连，1966年毕业于辽宁戏曲学校，之后长期在大连市文化部门工作。1977年我们刚毕业时，他就是我们艺术学校实验京剧团的团长。从1985年11月至2001年1月，范相成担任大连京剧团团长，见证了大连京剧团发展历史上最辉煌的时期。北京的专家评委在评价当时剧团的工作时谈到，大连京剧团之所以取得这么大的成功，除了演职人员的努力外，还有一位团长功不可没，他就是范相成。范相成团长操的心太多了，他不仅率团多次出访演出，还为剧团培养出了"梅花奖"的获得者，这在国内其他地方剧团是十分罕见的。可以说，大连京剧团整个剧团的建设、流派的延续等，都让我受益匪浅。

那么，我是如何与刘秀荣老师结缘并成功邀请她来大连为我说戏的呢？这段往事，范相成团长这样回忆：

"1990年，剧团进京参加纪念徽班进京二百周年演出，同时为杨赤争得了第八届中国戏剧'梅花奖'。按照剧团'要不断出人出戏'的方针和重点人才培养计划，李萍被确定为剧团下一个'梅花奖'的参评人选。

"确定李萍参选'梅花奖'，是基于李萍本人具备的素质和条件。她唱、念、做、打俱佳，是一个十分全面的演员，多年的舞台演出也使她具有一定的知名度和影响力。但是李萍缺少一部自己的代表剧目。1991年，剧团邀请我市京剧表演艺术家、京剧团前任团长张铁华为李萍教授排演了全本《刘金定》一剧。完成创作排练后，为慎重起见，我们邀请北京的部分戏剧界专家来大连观看此剧，并在演出后组织北京专家和我市专家共同召开了一次关于李萍表演艺术的专题研讨会，就李萍可否拿此剧目进京演出角逐'梅花奖'进行论证。我们邀请的专家有中国戏剧家协会副主席刘厚生，著名京剧导演艺术家、现代革命样板戏《沙家浜》的导演李紫贵先生，著名戏剧理论家赵寻先生、曲六乙先生，《中国戏剧》副主编安志强先生等。

"在此次研讨会上，专家们经过充分讨论和认真分析达成如下共识：一是《刘金定》这出戏略显粗糙、平淡，不是十分成熟，在体现李萍的表演艺术水平上不够全面；二是李萍的确是一个难得的人才，她基础好、条件好、很全面，但是不够精，在表演艺术方面有进一步提高的潜力，有较大的上升空间；三是要参选'梅花奖'必须另选剧目，而且必须要请高人指导。李紫贵老先生特别推荐了著名京剧表演艺术家刘秀荣。李老说，刘秀荣在她那一代名家中是唱、念、做、舞最全面的一位，李萍的条件及戏路很适合走刘秀荣的路子。但她很忙，全国各地都在请她，而且她选择学生比较挑剔，不符合她要求的学生一概不教。究竟能否请到她就看剧团的诚意和能力了。

"刘厚生、赵寻、曲六乙、安志强等也一致赞成李紫贵老师的意见。

"1991年年底，经过多方联络，得知刘秀荣、张春孝夫妇在天津教学，我和当时大连市文化局艺术处的董福君带着李萍的演出录像赶到天津，在天河宾馆见到了刘秀荣和张春孝两位老师，向他们介绍了李萍的有关情况：第一，李萍是我团非常有前途、条件全面、有巨大潜力的好演员，是剧团多年来的重点培养对象；第二，李萍先后向一些老艺术家包括胡芝风、关肃霜等学习并演出过一些剧目，如《百花公主》《铁弓缘》等，但都没有达到最理想的效果；第三，李紫贵老师认为刘秀荣老师是李萍最合适的老师，条件合适，戏路也对，而且李萍看过刘秀荣和张春孝两位老师的京剧电影《战洪州》，非常崇拜刘老师的表演艺术，有强烈的愿望想跟刘老师学戏；第四，剧团已确定李萍于1992年参加'梅花奖'评选，剧目由两位老师选定。

"刘秀荣和张春孝两位老师听完情况介绍后，提出要先看看录像，因为他们对李萍的表演水平不是十分了解。当时我们就在天河宾馆看了李萍主演的《铁弓缘》和《刘金定》的录像节选。看完后刘秀荣老师满意地笑了，并马上提出了以下几点意见：'一是非常欣赏大连京剧团在培养人才方面的远见和周密计划，更感动于剧团领导的诚意和决心。你们专程到天津来找我们，我们感动之余找不出拒绝的理由。二是看了李萍的录像，证明你们没有忽悠我们。李萍确实有实力，有潜力，是难得的人才，在她身上下功夫会有收获和回报的。听完你们的介绍，我们了解到她很用功，肯吃苦，这样的学生我们喜欢。三是李紫贵老师也是我们的前辈和老师，他的意见我们当然要听。四是根据我们的日程安排，需要把明年的工作计划做一下调整。我们打算明年夏天去大连，和剧团一起努力冲奖。你们安排好吃、住、行就行，讲课费我们不提，我们知道你们剧团有困难。五是我们经过商量，觉得可以初步把剧目确定为《百花公主》，这个戏演的人不多，而且很适合李萍，剧本要重新加工整理。'当天我便和董福君离开天津返回了大连。

"1992年10月，刘秀荣和张春孝两位老师如约来到大连，为李萍教授、排练《百花公主》。剧本由我团编剧孟繁杰执笔，改编者为张春孝、孟繁杰。

"在排练《百花公主》的那段时间，刘秀荣对李萍的印象超好，她十分喜欢这个学生。李萍也十分敬重这位恩师，学习认真刻苦，生活中照顾老师无微不至。两人建立起很好的师徒感情，李萍适时地提出要正式拜师刘秀荣。如果能成此美事，将使她们之间的关系更上一层楼，对剧团、对李萍今后的艺术发展道路也十分有利。刘秀荣教的学生不少，但真正收为徒弟的不多。当我们向刘秀荣正式提出李萍希望拜她为师的时候，刘老师欣然同意。后来，《百花公主》在人民文化俱乐部正式彩排，受到观众、专家的一致好评。演出谢幕后，现场举行了拜师仪式，李萍当时满含热泪激动地拥抱着刘秀荣老师，刘老师也没有控制住自己激动的泪花。同时，我还代表大连京剧团为刘秀荣和张春孝两位老师颁发了聘书，聘请他们夫妇为剧团的艺术顾问。

"1992年年底，大连京剧团进京，在北京吉祥戏院举办了李萍个人专场演出，参选'梅花奖'。《百花公主》的演出在北京获得了巨大成功，好评如潮，但是万万没有想到，最后由于种种复杂因素竟以两票之差而落选'梅花奖'。

"面对此种局面，我们剧团领导再次前往北京，拜访了北京二十多位戏剧界的专家和评委。大多数人对李萍的落选愤愤不平，并纷纷安慰李萍，建议她不要气馁，下一次再闯北京，凭她的实力一定没有问题，而且最好再增加一场演出，搞两场个人专场演出，让李萍的表演艺术体现得更厚重、更丰满，让观众看得更过瘾。针对专家们的建议，经与刘秀荣和张春孝两位老师商量，确定由刘、张两位老师再为李萍排演一出名剧《白蛇传》。

1992年，与刘秀荣老师（右）在拜师仪式上

这出戏中的白素贞是京剧旦行中的重量级角色之一，观众太熟悉《白蛇传》这个剧目了，有名气的大艺术家也大多演过这个剧目。正因为如此，这出戏才能体现出一个演员真正的实力和造诣，李萍完全具备这个能力。

"1993年，李萍先到北京，在刘秀荣老师家中进行'单兵演练'，后来她们移师大连继续排练。刘秀荣老师向李萍倾情教授了全本《白蛇传》。1994年6月，李萍带着《百花公主》和《白蛇传》在北京中国儿童艺术剧场再次举办个人专场演出，同时参加'梅花奖'评选。这次的演出用'轰动了北京京剧界'这句话形容并不过分，演出时剧场里掌声、叫好声一浪高过一浪，观众、专家、评委、媒体的赞誉之声此起彼伏。

"多年的艺术实践证明，拜师刘秀荣是十分智慧和正确的选择。刘秀荣对李萍在京剧表演艺术方面的发展起到了至关重要的作用，使她受益一生。《百花公主》和《白蛇传》也成为大连京剧团和李萍的重要保留剧目。李萍和剧团带着这些剧目多次应邀出访法国、瑞士、意大利、日本、巴西等国家，受到出访国家观众和媒体的普遍欢迎和赞誉，在对外传播中国传统文化方面做出了重要贡献。"

　　范相成团长的这段回忆不仅让我终生难忘，也是我攀登艺术高峰的宝贵见证。我今天所取得的成绩，当然离不开我的恩师刘秀荣。

　　刘秀荣老师1935年出生于北京，是著名的京剧表演艺术家，工花衫，1956年毕业于中国戏曲学校。作为京剧王（瑶卿）派的

刘秀荣老师（右）为我说戏

传人，她1952年在由田汉编剧的《白蛇传》中成功饰演了白素贞一角，荣获第一届全国戏曲观摩演出演员二等奖，从而在国内京剧界崭露头角。被戏曲界尊称为"通天教主"的京剧泰斗王瑶卿对刘秀荣十分赏识，他将自己的代表作《珍珠烈火旗》《棋盘山》《貂蝉》《孔雀东南飞》《玉堂春》《穆柯寨》《打渔杀家》《长坂坡》《回荆州》等戏传授给刘秀荣。这些戏囊括了青衣、刀马旦、闺门旦等各种类型角色，唱、念、做、打、舞兼容并蓄，使她打下全面深厚的基础。刘秀荣在《白蛇传》中的全部唱腔也是王瑶卿先生亲自为之编创，刘老师也被公认是受王瑶卿教益最多、把王派艺术在舞台上展现得最好的一位传人。她一边以认真继承王派为基础，一边尝试创造了更多的角色。她还博采众家之长，向俞振飞、言慧珠学习《百花赠剑》，向萧长华学习《拾玉镯》《大英杰烈》，并演出梅派戏《霸王别姬》《贵妃醉酒》等。

张春孝老师1935年出生于北京，是著名的京剧表演艺术家，工小生，1956年毕业于中国戏曲学校，先后在本校实验剧团和中国京剧院担任主要小生演员。张老师曾得到萧长华、王瑶卿、金仲仁、姜妙香、迟月亭、茹富兰的悉心教授，文武皆擅，毕业后又拜叶盛兰为师，得其真传。常演的剧目有《临江会》《群英会》《黄鹤楼》《十三妹》《得意缘》《取南郡》《回荆州》等。

张春孝老师与刘秀荣老师从十一二岁开始就在一起学戏，后来又在舞台上合作演出。1957年，两位老师喜结百年之好，夫妇俩几十年恩恩爱爱、相濡以沫。他们在生活上互相体贴，是一对美满的伉俪、梨园里的一段佳话。张春孝老师平时总是一副儒雅谦和、彬彬有礼的样子，但在艺术上是非常较真儿的。他艺术功底深厚，善于刻画人物，与刘秀荣老师在艺术上互相支持，合作默契。他们夫妻合作演出的剧目主要有《白蛇传》《战洪州》《貂蝉》《孔雀东南飞》《穆柯寨》《红鬃烈马·平贵别窑》《珍珠烈火旗》《虹霓关》等等。

关于刘秀荣老师应邀来大连为我说戏的详细情况，她在自己的传记《我的艺术人生》中这样回忆道：

"在我和春孝创排《马嵬香销》的过程中，大连京剧团范相成团长突然到天津找我和春孝。我和大连京剧团没有接触过，范团长亲自到天津找我和春孝，不知是何原因。范团长亲自把情况细说了一遍：原来李萍是大连京剧团的青年旦角演员，是剧团的重点培养对象，为了提高她的艺术水平，剧团曾请过一些名

与刘秀荣（右）和张春孝（左）两位老师合影

家为她教戏，均不见太大的效果。后来请李紫贵先生和赵寻、刘厚生、曲六乙等专家为她'会诊'，李紫贵先生很有把握地说：'要想使李萍成才、成好角，我建议把她交给秀荣，准能成功。'范团长怕我产生疑虑，连忙补充说：'我这是原原本本的实话，这确实是李紫贵先生的原话，其他专家们异口同声表示赞同。'李紫贵先生是我的表演导师，老人家发了话，我坚决听从。我当时提出因对李萍的具体情况不了解，无从下手，范团长现在搬出李紫贵先生，我没法拒绝，他这才进一步把他的来意又做了补充。原来李萍要夺'梅花奖'，排了一出《百花公主》，我一听这出戏已经有人排过，这是'炒冷饭'，不仅戏不好弄，而且干的还是得罪人的差事，况且他们请的是北京一位名演员导的这个戏，我们是同行，重排起来太难了，所以我很犹豫。范团长以他东北人豪爽的性格，特别是真诚的态度打动了我，我真是左右为难。范团长不愧是演员出身的团长，他看出我的为难情绪，趁机说：'我知道您是个重情义、讲究戏德的人，我早有耳闻。这件事刘老师不必有顾虑，您把原来的戏都推翻了重新来，就不会有什么问题了。我把原来的剧本、李萍的录像都带来了，您和张老师想怎么改就怎么改。有什么问题，一切由我负责。'话说到这个份儿上，我和春孝只好答应。"

就这样，刘秀荣和张春孝两位老师同意来大连为我编创、导演全本的《百花公主》，这也是为我进京角逐"梅花奖"而设计的一出重头戏。同时，两位老师还邀请著名京剧唱腔设计师李门老师为《百花公主》专门创腔，为此戏增色不少。

李门老师1941年出生于山东青岛，是中国京剧院乐队队长和专任琴师。其父李奘图是一位杰出的梅派琴师。李门老师在京剧音乐和京剧胡琴方面造诣极深，长期担任京剧梅派名旦杜近芳的琴师。他在京剧唱腔设计方面有两部重要作品：一是1963年为宁夏京剧团创腔的现代京剧《杜鹃山》，二是1992年为我编创音乐唱腔的全本《百花公主》。

《百花公主》讲述的是这样一个故事：安西边陲累遭曼陀贼寇侵扰，朝野不安。安西王虽有女儿百花骁勇善战，但因久怀谋篡之心的总管巴颜与贼寇暗中勾结，屡剿不力。朝廷遣御史江露云前往督察。化名"海俊"微服乔装的江露云途中救安西王于刺客刀下，被封为西府参军。巴颜叔侄设宴把江露云灌醉，探明其真实身份后将其挽入百花寝宫，欲借刀杀人。百花倾慕江露云的才貌与之赠剑定情。巴颜狗急跳墙，与曼陀贼寇定计诱百花出城以竖反旗。点兵之际，江露云苦谏不成，反被巴颜诬为奸细。百花求功心切，听信谗言，率师出征，不幸中计，城陷父亡。被困时江露云赶到，为救百花饮刃身亡。百花悔痛万端，怒斩巴颜叔侄后拔剑自刎。

在排戏的过程中，刘秀荣老师对我要求十分严格，艺、德双管齐下。我也十分珍惜这次难得的学习机会，从来没有怕苦怕累。为了这出《百花公主》，我也豁出去了。我制订了一个跟自己过不去的计划，排练的那段时间天天加班加点，练功服湿了换、换了湿，身上青一块紫一块，从不叫苦叫累，准时高质量地完成了刘老师布置的作业。经过艰苦努力之后，我的手、眼、身、法、步逐渐活了起来，演技也日趋成熟。1992年11月29日晚上6点，我们在大连人民文化俱乐部进行了正式排演，当时还邀请了大连市领导和文化局的负责人出席。在演出的过程中，观众都说从我身上看到了刘秀荣老师当年的风采，我的演出也获得了刘秀荣、张春孝夫妇的高度肯定。刘秀荣老师十分欣慰，对我赞叹有加，并当场收我为徒，期望我能够真正传承她的艺术风格，这让我倍感惊喜和荣幸。

学习《百花公主》真的让我受益匪浅，我也深深感知到了刘秀荣老师的良苦用心。她在《我的艺术人生》中是这样记述的：

"我们看过剧本和李萍的录像后，首先对原来的剧本做了认真细致的研究。我们一致认为，它的不足和要害在于百花公主为爱上一个打入安西国内部的奸细而忏悔，然后自尽身亡（有的剧本说是'刺目'，表示自己瞎了眼爱上了仇敌）。我们觉得这太有损百花公主的形象了。我和春孝以前曾向老艺术家俞振飞、言慧珠二位先生学演过昆曲《百花赠剑》，这是一出情意绵绵、表演细腻、载歌载舞的高品位的好戏。为此我和春孝就决定以'百花赠剑'为中心，以百花公主与江露云（即海俊）的爱情为主题重新组织结构，重新编写剧本。为了慎重起见，我们去请教戏剧家吴同宾先生。我们和吴老自《穆桂英大战洪州》结缘，亲如一家，我和春孝在艺术上只要遇到什么难题，就去请教这位才学渊博、见多识广、德高望重的老戏剧家。吴老此时任天津戏剧家协会副主席、天津艺术研究所所长。吴老非常热情，认真地为我们检索资料，从昆曲、传奇全部《百花记》，到程砚秋先生编演的《女儿心》，再到由景孤血先生编剧，李世芳、宋德珠两位先生演出的《百花公主》等，从历史资料、剧情到演出情况都详细地写成文字介绍给我们，并做了很重要的提示：1. 这个故事纯属虚构，从昆曲本开始就是这么说的，所以不必考虑与史实有什么违背之处；2. 海俊是元朝按察使，奉命侦访安西国谋叛事，不能视为间谍；3. 这出戏着重刻画百花公主与海俊两个人的真挚爱情就可以了。有吴老做我们的后盾，为我们把关，我们思想解放了，就大胆地编写起来。这次我动员春孝参加编写剧本，这样无论在结构还是艺术处理等诸多方面都有很多便利。于是，我们在创排《马嵬香销》的空当回北京休整期间，把原剧作者、大连京剧团编剧孟繁杰同志请到北京，住在我们家双榆树附近的青年公寓，一起讨论，着手编写剧本。由于离得近，我们随时可以交换意见。与此同时，我们仍请李门同志负责唱腔音乐的设计，他住在我们京剧院魏公村宿舍楼，离我们家不远，骑车十分钟就到。剧本写出来一场，我们就一起研究唱腔用什么板式，用什么样的气氛音乐。春孝参与写剧本，我们运作起来方便多了。我们这四个人一天三班，几天的工夫剧本定稿了，唱腔音乐定型了，我和春孝的导演构思、艺术处理也全部具体落实了。有了《马嵬香销》的创作经验，《百花公主》搞起来非常顺手。待天津张晶的《马嵬香销》彩排后，我和春孝、李门这个和谐默契的创作小集体于1992年10月25日赴大连，《百花公主》开始上马。

"由于我和春孝的导演案头工作做得相当充分，是有备而来的，按照我们启发与示范相结合的导演方法，头场戏排下来局面就打开了，第二场戏也很顺利。第三场戏《赠剑》是全剧的重头戏，我们以皮黄取代昆曲，其中有【南梆子】【西皮原板】【吟唱】【二六】等唱腔和板式。在研究这场戏结尾那段"相逢好"用什么板式为好时，我脑海里突然响起了朝鲜歌曲"咚咔咔"的旋律，我提议用四三拍的板式，它欢快、跳跃，最适合百花与海俊赠剑联姻时的喜悦心情。我的提议激发了李门同志的创作灵感，他设计出了一段既新颖又好听还符合人物感情的唱腔。我和春孝重新结构、设计表演身段、动作，使这场戏非常丰满、亮丽。这场戏是我和春孝下的功夫最大、排练的时间最长，也是最辛苦的。原因是我了解到李萍原来学过武旦，演的也多是武旦戏，我再一看她的录像，真冲，扎着大靠扳'朝天蹬'，活脱脱一个大武生，但缺乏女性的美。要想使她有质的变化，演好百花公主，必须重新'下挂'，从头学起。只有'脱胎换骨'，才能达到李紫贵先生所说的成才、成好角儿。为此，我和李萍一起分析剧本、揣摩人物，我给她讲解旦角表演的规范和要领，并要求她在《赠剑》这场戏里从出场一直到整场戏演完，不许带一点儿武气，要像个大青衣，端庄、稳重、大方、秀丽、妩媚。单是一个【四击头】【回头】出场亮相，我连启发带示范，她足足反复演练了两三天，才达到我的要求，过了关。常言道'万事开头难'，李萍迈出了这可喜的第一步，之后无论是对人物的把握还是唱、念、做、舞，凡是我要求的、示范的，她都能做到，《赠剑》一场戏排下来，李萍在艺术上有了质的变化、飞跃式的提高。当响排了一至三场戏后，范团长兴奋地高呼：'李萍和过去拜拜啦！'大连戏剧家马明捷先生也非常满意地说：'李萍现在才像个角儿。'

"看到李萍的表演突飞猛进，有质变的提高，我深感欣慰。李萍确实是个难得的人才，能文能武，特别是她有副好嗓子，能唱'六字调'，基本功更是过硬。为此我和春孝根据剧情和人物的需要，在《赠剑》后面的戏里为李萍安排了整套【西皮导板】【慢板】【原板】转【快板】，还有大段【高拨子】，同时边唱边打，最后在敌人追杀的紧张情况下，李萍扎着大靠走'飞叉''倒扎虎'等技巧，全面展示了她的才华。

"经过不到一个月的时间，我和春孝为大连京剧团的李萍创编、导演的《百花公主》正式彩排，请大连市领导审查，并特请著名的戏曲导演艺术家李紫贵先生专程从北京到大连光临指导。市领导一致认为戏很好，特别是《赠剑》一场，高雅、细腻。李紫贵先生说：'这个戏比原来的好，原来总觉得拧着劲，现在《赠剑》一场戏看着很舒服。这场解决了，其他的场子就好办了。我看了很多剧种，还有京剧，这个《赠剑》我最满意。看了戏，对于李萍夺'梅花奖'心里有底了。'领导和专家一致满意通过，并对我和春孝表示感谢和祝贺。在热烈的气氛中，李萍和

在《百花公主•赠剑》中饰演百花公主（左）

小生演员、海俊的扮演者平涛拜我和春孝为师，我们在剧场贵宾室举行了简朴、隆重的拜师收徒仪式，可算是双喜临门哪！

"1992年12月16日，大连京剧团演员李萍进京演出《百花公主》，争夺'梅花奖'。吉祥戏院喜气洋洋，'梅花奖'评委和专家刘厚生、赵寻、夏淳、曲六乙、李庆成、龚和德、舒强、马少波、杜近芳、魏喜奎等出席观看。评委和专家们在座谈会上发言说：'戏好，导演好，演员好，唱腔好，都很好，是近年来首都舞台上不多见的好戏。'著名话剧导演艺术家夏淳先生更是兴奋地说：'这出戏搞得非常细腻，是一出好戏，还发现了两位好导演。'"

正像刘秀荣老师所说的那样，《百花公主》确实是一出情意绵绵、表演细腻、载歌载舞的高品位好戏。百花公主这个人物文武双全，情感变化细腻，前半出以文戏为主，载歌载舞，表演动情，有大段成套的唱腔，后半段以武戏为主，不仅有大量的身段表演，还有繁难的武功技巧，对于一名旦角演员来说，不经过认真学习和常年刻苦的演练，是很难掌握和完成的。

1992年12月16日至18日，我带着这出《百花公主》在北京吉祥戏院举办个人专场演出，争夺当年的"梅花奖"。在演出中，我饰演的百花公主一出场就赢得个碰头彩。前半场文戏，百花公主时而雍容端庄，时而娇俏动人，我的双剑舞、水袖、翎子功、圆场功娴熟自如，行腔甜美圆润、韵味醇郁，缓时似箫音袅袅，骤时如珠落玉盘，把个待字闺中的少女对爱情的大胆与执着表现得张弛有度、淋漓尽致。后半场武戏，百花公主扎大靠挥鞭驰骋，一派英姿飒爽的巾帼英雄风范。一连串的枪花、出手、摔叉、倒扎虎、鹞子翻身和转体僵尸等旦行中少见的难度较大的动作，我都完成得干脆利落、游刃有余。台上是精彩纷呈，不断有"戏"；台下是如痴如醉，喝彩声不绝于耳。此次演出大获成功，给北京的观众和戏剧专家留下了深刻印象。我记得在中国社会科学院工作的白滨教授家住北京东郊团结湖，他辗转搞到一张戏票，骑了将近两个小时的自行车来到吉祥戏院，他说："我已经好多年没看到这样精彩的戏了。"演出结束后，热情的北京观众们送上十几束鲜花，他们热烈鼓掌，久久不肯散去。

著名戏剧家、中国京剧院前院长马少波当场为我题字：

宝剑晶莹只手擎，名师海角细磨成。

不忧脱颖无人识，一上京华四座惊。

一九九二年十二月题贺李萍进京专场演出《百花公主》成功

时任大连市委副书记林庆民以及大连市文化局负责人专程赶来看望剧团的演职人员，并对我们的演出给予充分的肯定和鼓励，第二天还特地召开了由北京专家学者和"梅花奖"评委出席的座谈会，大家对《百花公主》这出戏给予高度评价。

座谈会上，文化部艺教司司长、中国戏剧家协会艺术委员会副主任、"梅花奖"评委李超说："因为这是李萍专场，所以今天重点谈谈李萍。我认为李萍本人有相当的优势。一个优势是爹妈给的，李萍身材好、扮相好、品质好。一个优势是李萍人很老实，很规矩，很认真。还有一个优势是她对京剧很着迷，爱戏如命。如果一个演员不能爱戏如命，还不如趁早改行。不管现在有多少诱惑，有多少金钱，有多少荣誉，她都不动摇，就要干这一行。人无论受了什么委屈、议论，只有具备这样的拼劲才能够成功，没有这样的品质当不了演员，所以戏德同演员的成就是对等的、同步的。没有戏德，演出搞不好，也会受到限制。一个演员没有好品质，演好人、演坏人都演不好，演爱情也爱不起来，总觉得是儿戏。一个演员的品质很重要，与艺术成就是同步的。

"人们讲，天才就是百分之九十九的努力，还有百分之一的天赋。（李萍）这三个优势是天赋，但今天的一切也是努力得来的。有很多演员身材好、扮相好、嗓子好，但有好的天赋不等于是好的演员，没有百分之九十九的努力就不会成为好演员。李萍过去的戏我没有看过，但是听说过，比如《女杀四门》。她本身武功很好，演武旦、演刀马旦可以照传统去演，可是不一定会出多少光彩，不一定能刻画好人物。现在的《百花公主》这出戏，李萍把人物的内心刻画得惟妙惟肖，而且令人印象非常深刻。从这出戏中我们看出，她不仅把武旦的功夫、基础、技巧亮了出来，而且也很好地刻画了人物。演员不是在玩技巧，我们在李萍身上看出了人物的内心，她高明也就高明在这里。李萍有了天赋，有了努力，所以才成为一位好演员。大连的山水、经济发展培养了这样一位好演员。我们的京剧事业如果这样干下去，就会冲出低谷。《百花公主》这个戏导得很有光彩，塑造了一个文武双全的百花公主，她多情多智，又很威武，在大战的时候确实是一位巾帼英雄，同前面的《赠剑》完全展现出一个人物的两个方面。"

著名戏剧评论家、"梅花奖"评委龚和德在座谈会上说："我讲几句，谈谈我的印象。这次李萍的专场我认为相当成功。

李萍作为一名青年演员，条件相当优越，技艺掌握得相当扎实，好多场子演得相当出色。唱、念、做、打很到位，还有《赠剑》一场对人物的刻画相当成功。这一方面是李萍刻苦钻研的结果，另一方面是秀荣同志指导的结果。这里我同意李超同志的意见。

"我们的戏曲有整体的继承性，就是说戏曲有个范本，而范本需要师生承传才能延续下去。这与话剧导演在创作中进行监督、指导不同，话剧没有范本，戏曲则有范本，这种范本经过了前人一代又一代的传承才到了青年演员手中。青年演员首先得有继承的过程，李萍同志很多的身段、很多的表演实际是继承了前人的创造，再通过刘秀荣的导演、指导体现了出来。像《赠剑》一场，百花公主在屋子里闻到酒味，然后看到江花佑，她按着江花佑，闻着有没有酒味，这细致的表演都是前人创造的结果，今天我们终于看到了很好的继承。李萍通过自己的体会、自己的创造，表现得相当动人。从表演艺术上看，这个戏有很多很好的戏，包括《点将》，就不一一细说了。总之，这个戏整个表演相当好，难得李萍有这么好的武功，练功练得那么狠，而且嗓子也不错，唱起来还是那么宽亮。

"从我个人的审美情趣来看，我还是非常喜欢将百花公主最后定位为一个悲剧人物。我们戏曲舞台上的女性形象各种各样，像李慧娘、白娘子、穆桂英。百花公主在戏曲女性画廊中是很有特色的一位。她的结局非常惨烈，性情那么柔情、那么刚烈，最后的死又是那么壮烈——她认为自己上当，于是自杀身亡。对李萍刻画的这个百花公主，我表示非常眷恋。

"总之，我对李萍非常欣赏，对刘秀荣、张春孝表示感谢，对作者的探索精神表示支持。"

著名戏剧评论家、"梅花奖"评委李庆成说："梅兰芳金奖大赛前，李紫贵老师到大连去看戏。回来后我们问他情况，李老师说：'经刘秀荣一归置，李萍一出场就像个大演员。'那年大连京剧团来演《九江口》，范相成团长就介绍过杨赤、李萍。只是当初申报'梅花奖'报晚了，没来得及报李萍。

"这次看完李萍的戏，我、老曲（曲六乙）、李超很是激动了一阵子，它印证了紫贵老师的意见。紫贵老师是个大导演，给出这个结论很不易。李萍的确有大演员的味道，但还需努力。她一是扮相好，再是功夫好，文武兼备，人物刻画细腻传神。我最早爱看刘秀荣的戏，就是因为她文武兼备，人物刻画细腻传神。"

著名戏剧评论家、"梅花奖"评委曲六乙说："看了戏很高兴，看完戏我对他们说，我放心了。李萍的成长不是偶然的，得益于大连的生长环境。大连这个地方出人才，一个是出足球运动员，一个是出模特，再一个是出京剧演员。看得出李萍在得到刘秀荣指导前后有很大的不同，有很大的提高。当然，李萍有她原先的基础，如果没有基础，再怎么教也不行。一个半月的辛苦也未必能达到这样的效果。

"老龚说对悲剧的百花公主有极大的眷恋，我说我对这个百花公主有极大的喜爱。李萍的表演不是说已经到家了，这样说对李萍没有任何好处，但是她现在确实不错。我曾担心她在大幅度翻跌之后还怎样唱呢，但后面的【高拨子】她唱得让人心里非常舒服，嗓子一点儿没受影响，就好像没有经过翻跌似的。一般的演员经过翻跌之后气喘吁吁，根本没法唱出来。"

中国戏剧家协会副主席、"梅花奖"评委刘厚生说："看了这个戏，我确实很高兴。我先说演出，大连的确出了一个好演员。刚才庆成说她现在还不能成为一个大演员，我觉得说她是个大演员也不是不可以。大演员不是说她是顶尖的演员，李萍还得提高，梅兰芳先生到老年还在提高。李萍这个演员气质挺好，不是纯用技巧，老曲说对她翻打了之后还能唱感到很惊奇，我也感到很惊奇。"

著名戏剧评论家周桓说："总的来看，我对这出戏十分满意。我认为秀荣、春孝两位老师排了一出好戏，教出了一位好演员。李萍的确是文武全才，开打完又唱，的确相当不容易。当年李先生培养李少春就是这样。前文后武不太困难，但前武后文就相当困难，李萍能这样已经很不错了。

"就这出戏来看，秀荣同志是下了很大功夫的，李萍学得也很快。比如说她的圆场，整个就是秀荣同志的《战洪州》。另外，李萍岁数不大，台上的这种稳、这种功夫都是秀荣老师教出来的。在台上可以从李萍身上看出秀荣老师的风貌来。

"我原来听关肃霜老师说过，她在大连收了个学生，她对李萍的印象也很好。李萍身上既有关老师的东西，也有秀荣老师的东西，前途是不可估量的。现在关老师不在了，你应该很好地向刘老师学习。比如说，《战洪州》既是关老师的拿手戏，也是刘老师的拿手戏，两位演得都相当好，但舞台上风格迥异。现在你跟刘老师学，她身上既有尚派的东西，也有王派的东西，又有融合为自己的东西。她身上有很多自己的东西，包括春孝老师也一样。"

著名戏剧评论家、"梅花奖"评委王浩说："我只说一点，我以前没看过大连李萍的戏，这次看戏后印象特别好。李萍扮相俊美，嗓音浑厚，行腔自如，尤其唱的时候拖腔悠长，抑扬顿挫的处理自在、自如，给我的感觉不是主攻刀马旦的演员在唱，而是主攻青衣花旦的在唱，给人余音绕梁的感觉，委婉、深情、柔和、刚劲。李萍是难得的好演员，在人物塑造方面，李萍既有贵族之端庄，又兼妙龄女郎之灵性，两种气质融为一体，特别难得。有的演员端庄而不俏丽，有的俏丽而不端庄，都不符合百花公主这样一个特定的人物。《赠剑》一场起伏跌宕，错落有致，有层次，有韵味。配戏的小生与李萍相得益彰，小生虽然戏不多，但很得体。这出戏演出了新意，演出了深情，演出了水准，显示出红花绿叶般的出色演技和造诣。"

著名戏剧评论家、"梅花奖"评委蒋健兰说："我谈一下对表演方面的意见。刚才各位谈了很多唱、做，我不再重复。我想谈一下别的同志还没有提到的，即李萍的念。从她和小生的念上可以看出秀荣和春孝是下了功夫的，李萍身上是王派的念功，很见功夫，很细致，两位的念功将这个戏抬了一截。李萍的气息运用很轻松，突出了她的大将风度。武戏就是这样，打得再激烈，后面的心情变化也应该很鲜明。报了城池失守以后，报了父亲被害之后，李萍对心情的表达、气息的运用是非常好的。这一点是难能可贵的。

"另外想转达一个意见，昨天散戏之后，紫贵老师是和我们一起走的，他就说了一句话，这句话很地道。他说：'李萍在表演上的细腻是近几年来不多见的。'他没有机会说，我们听到了就代为转达一下。的确，李萍在戏中把关键的地方都演出来了。

"最后有首小诗，是昨天晚上撰写的：

新秀李萍，虎跃龙腾。唱念做打，技艺全能。
招招见彩，步步师承。艺无止境，精益求精。"

戏剧评论家李沛文说："昨天我看了李萍领衔主演的《百花公主》这出戏，心服口服，感觉这'领衔'二字用得好。所谓'领衔'无非是万绿丛中一点红，是真正红起来，而不是万绿丛中一点绿，出不来，应是技高一筹，这一点李萍做到了。这不是贬低其他演员，这出戏里，她戏最多，应该比其他演员高一点儿。她的艺术得到全面的展现，比较充分，而且技艺高超。所以，在这一点上李萍是当之无愧的'领衔'。另外她的表演，大家说了很多，她的确是比较全面的演员，文武、唱念都能得心应手。她的天赋特别好，扮相、身材、声音都很好。我觉得这个演员非常聪明，给我感觉是一位悟性很高的演员。从今天会议上谈的情况看，她的确是一点就通、一点就透，这样下去可能无师自通。大演员好当，出了名捧起来的有的是，而艺术家是要有悟性的。现在我们的大演员有的是，但是永远是演员，不能成为艺术家。像孙毓敏、刘秀荣是进入艺术家行列的大演员，她们在向老师学习的时候不是亦步亦趋，而是学其精髓。李萍能够从人物的性格出发，感情流露，眼睛相当传神。台下，李萍的眼睛也是很传神的，所以我旁边有人说李萍的眼睛勾魂摄魄，其实演员应该善于运用自己的眼睛。"

著名戏剧史专家、"梅花奖"评委苏明慈说："我还是说几句观众心里的话。刚才同志们说得非常精彩，我尽量不重复。我说观众心里的话，就从观众的角度说。我本是16日来看戏的，是带着我爱人来的，等看完了戏她上了瘾，说怎么这么好，18日我爱人非要拉着我看第二遍，我只好欣然从命。我们同去的共六个人，还有两个正上大学的孩子。两个孩子看完戏后，非常兴奋，议论到半夜一点多钟。可见，青年观众对好戏也是有鉴赏能力的。另外，看这出戏对观众来说的确是一种艺术享受，看着悦目，听着过瘾，或者再用一句大实话说，这才叫戏。近年来的确有许多戏曲演出，说得太过分也不合适，我觉得大多缺少戏剧艺术的魅力。我同学马明捷有两句至理名言：'近年来文戏歌唱化，武戏杂技化。'这两句话说得好，我非常赞同，觉得概括得很对。这出戏当然体现了老师的功夫，可话又说回来了，老师好也要看学生学得到不到位。我觉得，老师确实好，而学生也确实把学的体现出来了，这一点是难能可贵的。我觉得李萍是好样的。

"刚才紫贵老师评价李萍的那句话，我觉得是说到我的心里去了。我近年就很少看到这么精雕细刻的京剧演出。我也不想说那么多溢美之词，但是有些地方真精啊，像《赠剑》，细致入微的夹唱夹念、边舞边做这种艺术风格，不管是念白还是唱腔，每个字都带着戏。她不仅有表情，而且有身段，这个风格太好了，这才叫戏。当初梅兰芳先生在舞台上带起了这么股风，他说我们唱舞台戏的，要开始摆脱老皮黄抱着肚子唱大青衣的风格。梅先生边舞边唱，这是从昆曲里面继承下来的，我觉得这个东西都快失传了。这出戏有秀荣老师从王瑶卿先生那里直接传下来的东西，根正，我觉得这一点在李萍身上得到了复苏，重新焕发了戏曲艺术的青春。要说李萍的艺术风格,从表演上近似于梅派。她一出场侧身亮相的劲与《霸王别姬》里的劲有些相像,包括后面整个雍容华贵的身段都近似于梅派。但是她的唱近似于尚派,她对唱的处理抑扬顿挫,特别是顿挫,现在一般的演员这样处理的不多。我由衷地赞赏李门同志写的曲子,由衷地赞赏秀荣老师的加工和指导,这些在李萍身上体现得很好。那些顿挫,她不是为顿挫而顿挫,我感受到那顿挫都顿在点上了。那些顿都是借词定格,等于把人物的内心世界做了个大特写,顿得真有东西,把内心感受都表现出来了。像这些地方的确是要靠悟性,像'无情剑怎忍斩少年郎'的'斩'字,要斩又一下子顿在那里,内心感受让观众一下子就感觉到了。这是唱腔写得好、加工处理得好、李萍体现得好的综合体现。近年来这么精雕细刻每一句唱腔的戏也少见。所以从这个角度来看,这次演出我看了两场,我真遗憾,怎么只演两场呢?如果在北京多演几场,怎么也应该让更多的观众看到这个演出。

"说到剧本,我是欣赏这个剧本的,李紫贵老师对这个本子也很赞赏。他从大连回来说,觉得《百花公主》很新。"

著名京剧表演艺术家孙毓敏说:"李萍是一位文武全能的演员,使我们看到了京剧的希望。另外,还想说一点,除了秀荣大姐和春孝大哥两位好导演之外,我还发现了继关雅浓之后又一个好唱腔设计师——李门。他的设计绝对帮了大忙,没有这么合理的布局和紧扣词意的唱腔,这部戏不可能有这么高的质量。我特别重视唱腔设计师,让我服的还真不多。他很会教,既教了演员,也教了乐队。那些停顿,点睛式的停顿,加强了抑扬的对比。还有那些动作的设计，纯是为好演员设计的，不能做示范动作的导演就导不了这出戏。为有经验的演员设计的戏，观众准会喜欢。李萍来争'梅花奖'，我认为是当之无愧的。总之，昨晚看了一场好戏，是很好的享受。感谢秀荣大姐，感谢春孝大哥，还有李门大设计师。我要是掌管剧团的话，一定要把这个戏学过来，因为这个戏一眼就能看出是保留剧目。向你们祝贺，大连的领导和剧团是很有眼光的。"

最后，我也做了简短发言："首先我要感谢各位专家和老师对我的演出提出的宝贵意见，我会在今后的艺术道路上不断地吸取和借鉴。承蒙几位专家的指点和关照，使我有机会来到北京举办个人专场汇报演出。刘秀荣老师在教授《百花公主》的过程中，从做人到学艺，再到对剧中人物的解读以及技巧的运用，各方面对我的要求都特别严格，真的使我受益匪浅，受用一生。她在把《百花公主》这出戏推上一个新台阶的同时，也让我在京剧表演艺术方面得到了升华。我这次来北京搞专场演出，得到大连市委宣传部、市文化局以及剧团领导的大力支持。剧团的同事们与我配合得特别默契，他们付出了很多艰辛和努力，才取得了这样的结果，因此，我的进步是与他们的通力合作分不开的。我今后的艺术道路还很漫长，衷心希望各位专家老师对我多多支持、扶持和指教。谢谢大家！"

虽然得到了很多专家的肯定，但是后来由于种种复杂因素，我以两票之差落选了当年的"梅花奖"。消息传来，我受的打击真的很大。我非常委屈，不甘心，也不服气，我真的不相信，也搞不明白为什么是这样的结果，但是转念一想，这次我虽然落选了，但是我主演的《百花公主》这出戏、我的表演艺术水平和才华确实给北京的专家评委们留下了深刻的印象。更让我感到欣慰和感动的是，北京戏剧界的专家和评委纷纷来信，他们在替我感到惋惜和遗憾的同时，鼓励我不要放弃，要有自信，要拿出更好的戏，争取获得下一届"梅花奖"。这些来信不仅是对我表演艺术水平的认可，更是对我今后从艺之路的莫大鞭策。我愿意与读者一起分享这些十分珍贵的来信。

1993年5月3日，中国戏剧家协会研究室原主任、戏剧评论家、"梅花奖"评委曲六乙先生来信。他在信中这样写道：

李萍同志：

这次你未能当选，不可有半点儿消沉。你要退出舞台，这是一种怯懦的表现，是承认自己的失败。不，在你的生活字典里，没有"失败"二字。真正的艺术家都从不承认失败，梅兰芳、马连良、盖叫天、李少春等艺术大师都曾受过挫折，但他们不服气，都有一股犟劲，把挫折当成前进的动力，终于成为大师。而从来就一帆风顺的演员，可以红上一个时期，却很少能成为艺术大师。

如果你消沉下去，会伤全团同志的心，会伤用心血培育你的师傅的心，会伤一直关心你的专家们的心。你要振作起来，学习上述那些艺术大师在艺术上百折不挠的精神，你要成为艺术上的强者，在艺术上精益求精，争取再来北京一决雌雄。我坚信，你会走上"梅花奖"领奖台的，这只是时间问题。

总之，我心目中的小李萍，是一个坚强的小李萍，一个永远不承认失败的小李萍，一个百折不挠、勇攀艺术高峰的小李萍。

我充满信心地期待着！

1993年5月4日，文化部艺教司司长、中国戏剧家协会艺术委员会副主任、"梅花奖"评委李超来信。他在信中写道：

李萍同志：

我不忍心也不愿意告诉你的消息，可是我又非得告诉你的消息，就是"梅花奖"评选的结果。世间有句话，叫"好事多磨"，这个世界、这个社会常常以此来考验人。谁能战胜"多磨"，谁就能笑到最后，谁就是胜利者。

我认为，你有一心学习京剧的毅力、刻苦练功的精神和塑造人物的天赋，这是你最丰厚的资本。我相信，来年再排一出好戏，定能执京剧之牛耳，获得更高的成就，取得应有的荣誉！李萍小友，你应该越在客观条件不利的情况下，越显示出你的拼搏精神。

祝你前途无量，造诣精深！

1993年5月4日，《中国戏剧》副主编、"梅花奖"评委安志强先生来信。他在信中这样写道：

李萍小友：

你好！

我想告诉你的是，你是有实力的，而且还有更大的潜力。许多专家都为你的落选而惋惜，尽管你落选，但你的得票数也超过了评委的半数，这就是一个很好的证明。所以我由衷地希望你不要因此而灰心，还要继续努力，千万不要放弃明年勇夺桂冠的机会。特请袁兄转达我对你的祝愿，望自励。

祝进步！

1993年5月4日，中国戏剧家协会艺术委员会主任、著名戏剧艺术家、"梅花奖"评委舒强来信。他在信中这样写道：

李萍同志：

这次评奖落选，你很难过，我和你一样也很难过。

可是我对你很有信心，按你的艺术技艺水平，你终会评上的！一定会评上的！

希望你化难过为力量，再接再厉，精益求精，夺取最后的胜利！

我对你有信心，希望你也信心十足地、心情舒畅地积极准备再次来京演出！

祝愉快！

1993年5月5日，中国戏剧家协会艺术委员会副主任、著名戏剧评论家、"梅花奖"评委黄维钧和著名戏剧评论家、"梅花奖"评委王育生联名来信。他们在信中这样写道：

李萍同志：

你好！我们初次看你的戏，你基本功全面、扎实，有刻画人物形象的能力，而且有激情，看完后，留下深刻印象。三年出得个状元，十年培养不出来一个好演员。你的前程远大，一次受挫，不要看得太重。好花待时节，来日方长，明年再来嘛，我们等着。

祝愉快！保重！

1993年5月5日，中国戏剧家协会书记处书记、"梅花奖"评委张书义来信。他在信中这样写道：

李萍小姐：

你好！

第十届"梅花奖"评选已于日前结束。由于去年竞争演员比较多，你未能入选，我和喜欢你的艺术才华的老师们都觉得十分遗憾！虽然许多老前辈诸如紫贵老师、舒强老师、六乙老师、夏淳老师、李超老师以及安志强、王育生、黄维钧等都在评委会上为你的艺术造诣及演出的精彩剧目讲了许多好话，但因无记名投票，大家都不知底细，原来很乐观的预测，等结果一公布都惊叹不已，但已回天乏术。

这无疑对你是一个打击，刘秀荣、张春孝二位老师也会感到意外。但你也要振作起来，一次评奖不代表一个演员的艺术价值。你很年轻，基本功好，唱、念、做、打、舞皆好，你演的《百花公主》已经达到很高的艺术水准，专家和观众是喜欢你的。

希望你把评奖看得淡淡的，把精力用到新的艺术形象创作上，千万不要因为一点儿挫折而灰心，更不能失去你梦寐以求的京剧事业。我和众多老师以及首都观众都期盼着你再度进京，让我们看到一个更加成熟的小李萍！

祝好！

凝视着这些沉甸甸的来信，咀嚼着信中字里行间的真情，面对北京德高望重的戏剧界老前辈们的谆谆教诲和鼓励，我百感交集，所有的悲伤、委屈、失望、遗憾都化作滔滔不绝的泪水夺眶而出……悲怆之后的决心、行动一定是勇往直前的。我很快调整好自己的心态，拿出"明知山有虎，偏向虎山行"的劲头，重整旗鼓，准备再次进京，誓夺"梅花奖"。

1993年，刘秀荣和张春孝老师又一次专程来大连，重新对《百花公主》精雕细刻，再次改编和加工，还为我二次进京带来了《白蛇传》，为我争取"梅花奖"增加了新的砝码。

《白蛇传》是我国优秀的民间传说之一，与《牛郎织女》《梁山伯与祝英台》《孟姜女哭长城》一起被列为中国古代民间四大传说。京剧《白蛇传》是著名戏剧大师田汉先生的传世之作，也是中国京剧的艺术精品。《白蛇传》是一出美丽、哀婉的神话戏剧，它的故事发生在钱塘江边西子湖畔，在中国流传近千年了。大约三百年前，峨眉山蛇仙白素贞和杭州青年许仙的爱情故事就被编成戏剧，搬上舞台，可谓家喻户晓、深入人心了。

1951年，中国戏剧家协会主席田汉先生重新改编、创作了京剧剧本《白蛇传》，由中国戏曲学校演出，导演是中国最著名的戏曲导演艺术家李紫贵，艺术指导、唱腔设计是京剧艺术大师王瑶卿，在剧中饰演白素贞的是王瑶卿的弟子刘秀荣，饰演小青的是许湘生，饰演许仙的是朱秉谦。1952年10月，刘秀荣主演的《白蛇传》参加了在北京举行的新中国成立后第一届全国戏曲观摩演出大会，李紫贵获得会演中唯一的导演奖，刘秀荣获得演员二等奖。

全国会演后，在王瑶卿的提议下，许仙改由小生张春孝来饰演，由此，刘秀荣和张春孝主演的京剧《白蛇传》成为中国最经典、最流行、最受欢迎的理想范本，刘秀荣、张春孝也被公认为是最具权威的白素贞和许仙的扮演者。刘秀荣老师演绎了四十年的经典《白蛇传》，由她塑造的刚柔并济的白娘子形象在中国家喻户晓。

1993年在大连的那些日子里，刘秀荣、张春孝两位老师一丝不苟，全面、严格、系统地向我传授了田汉先生改编版本的《白蛇传》。我格外珍惜这次难得的学习机遇，刘秀荣老师也把一招一式、一字一句、举手投足、一笑一颦等每个细节都娓娓道来，梨园大家的艺术精髓源源不断地输入我的血脉，使我的艺术羽翼更加丰满了。坦率地说，这是一出技术难度很高的戏，特别是对旦角的要求非常高，戏中不仅有大量的唱腔、念白、表演，还要求演员具有十分扎实的武功功底，特别是《水漫金山》一折，有许多只有武旦演员才能完成的"打出手"的戏，这正好发挥了我文武兼备的优势。在与神将开打时，我不仅完成了"打出手"，并且完成了难度很大的"踢十杆枪"，成为京剧"四条蛇"（四位以演《白蛇传》闻名的演员即刘秀荣、杜近芳、赵燕侠和关肃霜）中除关肃霜老师外能够"打出手"的演员。

如同《百花公主》一样，《白蛇传》是大连京剧团的保留剧目，也是我自己的保留剧目，已在国内外演出近百场。

1994年6月16日晚，我再次进京，在王府井附近的中国儿童艺术剧场举办了个人专场演出，这一次我带去了两出大戏：全本《百花公主》和全本《白蛇传》。令我至今难以忘怀的是，当晚我在演出《白蛇传》时，不管是在唱段的精彩之处，还是在武打"出手"成功之时，北京的观众和专家都报以热烈的掌声，叫好声此起彼伏，剧场的气氛十分热烈，我真正地感受到了京剧的魅力，同时胸中涌出自豪的成就感。演出结束的时候，刘秀荣老师走上舞台，我们师徒两人满含热泪紧紧拥抱在一起，又一起手拉手向观众和专家致谢。当时的心情，真是无法用语言来表达，这一切都仿佛还在眼前……

1994年7月19日,《大连日报》在第六版发表了一篇文章,标题是《关于李萍的来信》,并且配发了编者按。

编者按这样写道:"前不久,大连京剧团赴京津等地演出,引起极大反响。日前,中国戏剧家协会书记处书记张书义从北京写来一封信,着重谈了他看李萍演戏的感受。现在我们摘要发表部分内容,从中可窥大连京剧团在全国京剧界的影响。"

张书义在来信中说:"6月16日的夜晚,我的心情是十分不平静的。走出中国儿童艺术剧场时,我难以置信,年轻的李萍小姐竟把田汉大师的得意巨作《白蛇传》表现得如此完善,不尽的诗情画意令观众的艺术享受达到了无以复加的程度。什么叫京剧艺术?大连京剧团的舞台风采无疑给出了最圆满的回答。在

1994年,在北京举办个人京剧专场演出,演出《白蛇传》后留影

剧场门口，有三位年轻的观众激动得忘记了异性的差别互相拍打着、喊叫着'太棒了！'一个女孩说：'用三个字评价——特别好！'我问他们李萍够不够'梅花'。一个说非她莫属，一个说应是榜首。我看他们出口不凡，问他们是哪个单位的。他们笑笑：'东棉花胡同的学生（即中央戏剧学院的学生）。'

　　"《白蛇传》是田汉大师根据传统剧目《白蛇传》改编而成的，全剧简洁精练、言辞华丽、浪漫抒情、文武和谐，充满诗情画意，为提高传统京剧的文学性做出了杰出的贡献。由王瑶卿大师和史若虚先生编创的唱腔更是柔情万种、悦耳动听，把《白蛇传》在音乐上跃进到一个很高的档次。我看过我国著名表演艺术家杜近芳、刘秀荣、赵燕侠、李炳淑演的《白蛇传》，每次都得到很美的艺术享受。应该说，使我最激动的还是李萍的这次演出。细想原因，是因为除了有李萍这位文武全才的旦角明星之外，其他演员的演出也都达到了很高的艺术表演水平，他们与李萍的精彩配合简直达到了完美无缺的境界。另外，舞美的典雅写意、琴师天衣无缝的精彩伴奏和《水斗》一折武打的精美设计都为《白蛇传》增色不少。艺术创作要认真，要严肃，要创新，要发扬'一棵菜'精神。《白蛇传》在刘秀荣、张春孝两位老师的亲授下能达到如此完美的艺术水平，不能不令人深思：大连京剧团为什么能在京剧不景气的情况下培养出大批新人，排出众多好戏？我想除了全团艺术家们的努力以外，大连市委、市政府的支持也是不能忽视的原因。我认为，大连京剧团要比北京两个大京剧院还要幸运。北京京剧界不应从大连京剧团的艺术实践中学些有用的东西吗？

　　"李萍小姐的进步令人刮目相看。看过她的《百花公主》和

《白蛇传》的专家、戏迷个个都发出由衷的赞叹："两年不见，李萍竟然发生这么大的变化！"

"大家说的变化，在我感觉是她成熟了，在艺术上成熟了。《百花公主》她演得更娴熟、更精彩，而《白蛇传》又标志着她在把握人物艺术形象方面的更加成熟。李萍在舞台上的一举手、一投足都有美感，再加上她那甜美而富有表现力的演唱、良好的节奏感和细腻的表演，简直把白素贞演活了。"

这一次，我凭借这两部大戏——《百花公主》和《白蛇传》，以总分第二名的成绩一举夺得第十二届中国戏剧表演艺术最高奖——"梅花奖"，"大连京剧团李萍"一时间叫响全国。

"梅花奖"始创于1983年，由中国戏剧家协会主办，是中国第一个以表彰和奖励优秀中青年戏剧表演人才、倡导德艺双馨、繁荣和发展戏剧事业为宗旨的艺术大奖，被誉为中国戏剧表演艺术领域的最高奖。

1995年10月16日，第十二届中国戏剧"梅花奖"颁奖活动在成都市四川省体育馆隆重举行。站在领奖台上，手捧着由美术大师吴作人先生为"梅花奖"画的红梅图奖盘，回味着刻在奖盘上的那"梅花香自苦寒来"几个字的深刻寓意，我真是百感交集，思绪万千。从学戏、练功、求师、拜师到争取获奖，我经历了常人难以承受的曲折。今天，我终于如愿以偿，这奖项也是对我的刻苦拼搏和表演才华给予的公平、公正的评价。回首从艺之路，往事历历在目，我的心情跌宕起伏。"梅花奖"对我来说，不仅仅是一份荣誉，更是一份责任。在北京个人专场结束后，我们紧接着由北京直奔河北、山东进行巡回演出。

艺术是人类文明的结晶，艺术是无国界的，作为中国国粹之一的京剧同样可以跨越国界，跨越语言，跨越意识形态的障碍，在国际交流中传递友谊、弘扬文化，在世界的戏剧舞台上大放异彩。京剧在海外的传播已经有近一百年的历史。1919

1995年，获得第十二届中国戏剧"梅花奖"

年，作为中国京剧艺术的杰出代表，25岁的梅兰芳先生应邀赴日本访问演出，标志着中国戏剧迈出走向世界的一大步，梅兰芳亦是把中国京剧介绍到海外的先行者之一。

大连京剧团成立于1949年，六十多年来，剧团积累了许多经典演出剧目，并拥有一批艺术造诣很深、知名度很高的京剧表演艺术家，在国内外有很大影响。自20世纪80年代以来，大连的艺术家们一次次地用更加开阔的胸怀拥抱世界，在国际舞台上传播着中国传统文化，夯实着中国文化的软实力，并以京剧表演艺术这一中国绚丽的文化符号推进着大连地区的对外开放和经济、文化事业的发展。这一时期，我曾随团赴法国、瑞士、意大利、荷兰、英国、芬兰、挪威、瑞典、葡萄牙、巴西、日本等二十余个国家以及中国台湾、香港、澳门等地区进行巡回演出和艺术交流。

1982年5月15日至7月15日，根据《中国与挪威1981—1983年文化交流计划》和中国与芬兰两国文化协议，国家文化部下属的中国对外演出公司选派大连艺术学校实验京剧团，以中国大连京剧团的名义，赴芬兰、挪威、瑞典和葡萄牙四国进行为期两个月的访问演出。我主演的剧目是《扈家庄》，两个多月演出了几十场，在海外引起很大轰动，也受到国内京剧界的广泛关注。

1988年8月，根据中国与英国、丹麦和瑞典之间的文化协议，受国家文化部和中国对外演出公司的委派，我随大连京剧团出访英国、丹麦和瑞典，进行为期五十天的对外文化交流演出。我主演的剧目是《白蛇传·水漫金山》和《扈家庄》。

1989年11月末至1990年4月初，大连京剧团应邀赴法国进行巡回商业演出达四个月，在巴黎、马赛等二十个城市演出八十七场。据中国驻法国使馆文化处介绍，大连京剧团是新中国成立以来国内赴法国演出时间最长、场次最多、反响最好的京剧团。我们带到法国的主要是折子戏，其中有我主演的《扈家庄》。我们访问法国期间，中国驻法国大使周觉在使馆会见了京剧团的主要领导，我作为主要演员代表也参加了这次会见活动，亲耳聆听了周觉大使对法国情况的介绍以及对演出团体在国外加强管理方面提出的具体要求。

1990年3月5日在法国巡回演出期间，我们还参加了中国常驻联合国教科文组织代表团举办的"纪念徽班进京二百周年"京剧专场晚会，演出的剧目就有我主演的《扈家庄》。晚会在联合国教科文组织总部的礼堂进行，共有来自一百六十多个国家的一千五百多位外交使节观看演出，演出盛况空前，观众反响热烈。

1995年1月赴法国、瑞士巡回演出，我主演的《百花公主》

不仅在演出中获得了成功，还由法国博达音乐公司出版发行了CD唱片，并收入"世界音乐"系列。这也是我市专业剧团演员在国外发行的首张CD唱片。

1996年12月至1997年2月，我再次出访法国、瑞士，主演《百花公主》，并应邀赴法国夏纳国立舞蹈学校为师生举办中国京剧知识讲座和京剧形体训练及化装表演。

1998年7月3日至23日，我出访巴西，参加在圣保罗举办的"第七届国际戏剧艺术节"，主演《百花公主》。

1998年9月3日至18日，我出访意大利和瑞士，参加都灵9月音乐节和卢加诺音乐节，主演《百花公主》，并在都灵为意大利观众举办中国京剧知识讲座及化装表演。

说到赴法国的巡回演出，因为担心法国观众不了解中国的传统京剧艺术，刚开始我们带去的都是一段一段的折子戏，以表

赴法国、瑞士巡回演出《百花公主》

1996年，赴巴黎演出后受到驻法国大使蔡方柏（左一）及其夫人的接见

演、武打为主。当法国观众逐渐接受并喜欢上中国的京剧之后，我们又带了文武并重的大戏，比如我主演的《百花公主》和《白蛇传》，文戏部分还安排了法语字幕，以帮助法国观众更好地理解剧情。令我印象最为深刻的是2007年底的法兰西艺术之旅。据媒体介绍，这是当时国内京剧团赴法国巡回演出效果和反响相当成功的一次。

2007年12月，我再一次赴法国巡回演出，而这次演出不仅是我在赴国外演出经历中最难忘的，也在我的艺术生涯中留下了浓重的一笔。12月14日，包括四十三名演职人员在内的大连京剧院演出团抵达巴黎，这是大连京剧团晋升为大连京剧院后的首次出国演出。本次演出得到了大连市委、市政府的高度重视，市委宣传部、市文化局、市外办有关负责人更是给予了大力支持。本次演出由大连市委宣传部副部长张玉珠同志任演出团团长，演出的剧目是全本《白蛇传》和《闹天宫》，主要演员有我（饰白素贞）、杨赤（饰法海）、平涛（饰许仙）、丁艳玉（饰小青）、张大军（饰孙悟空）。我们在十七天里，从有两千多年历史的法国圣城兰斯，到享誉世界的大文豪雨果的故乡贝桑松，到有"玫瑰之城"之称的图卢兹，再到世界艺术之都巴黎，最后到了二战期间几乎被夷为平地的冈城，在五个城市奉献了十二场演出，我们走到哪里，哪里便会掀起一阵中国京剧的热浪。我们在每个城市演出都受到当地政府和观众的热烈欢迎，剧院场场爆满，媒体也予以关注。作为《白蛇传》一剧的领衔主演，我在这个冬天见证了中国京剧在法国舞台上闪耀出的灿烂光芒。

本次巡回演出，最难得的是我们走进了巴黎普莱耶音乐厅，这不仅是大连艺术家的骄傲，更是中国京剧的骄傲。此前虽然有许多国内京剧团，当然也包括我们，曾经来过巴黎演出，但更多的只是在巴黎大区的范围内，能够进入巴黎市中心并在国家级的剧院演出，这还是第一次。

作为国家级艺术殿堂，位于"世界上最美丽的大街"巴黎香榭丽舍大街附近的普莱耶音乐厅素以上演欧洲古典音乐为主。该音乐厅于一年前装修后开始的第二个演出季中，有意以开放的姿态尝试接纳多元艺术。在本次演出的节目单上，音乐厅破例在一张中国地图上标注了大连的位置，并配以简短的市情介绍："作为中国北方的重要城市，大连首先是面向中国海和太平洋的开放港口。那里的气候四季分明，极具环保特色的各类旅游景区使它成为垂钓者的天堂以及中国富人的新的首选居住地。……大连京剧院是中国最好的剧团之一，这得益于国家级的艺术家，如杨赤、李萍以及著名演员张大军等。在对外开放过程中，大连市政府特别重视发展文化与艺术，始终坚定地支持京剧院发展艺术事业……"

12月27日，《白蛇传》在巴黎进行首场演出。当晚，巴黎普莱耶音乐厅座无虚席，随着鼓点声响起，大幕徐徐拉开，我饰演的白素贞和丁艳玉饰演的小青款款登场。京剧人物特有的化装和服饰的装扮，唱腔与韵白、京白不同特色的展现，举手投足间，中国女子的端庄妩媚使观众席上一片寂静，人们的目光专注而投入。随着平涛饰演的许仙登场，剧情逐渐展开，经过了《结亲》《酒变》等文戏之后，从《盗草》开始，好看的武戏亮相舞台，让观众欣赏到了京剧中刀马旦、武旦的功夫。年轻的武戏演员们更是上下翻飞，尤以《水漫金山》一折最为精彩……让人没有想到的是，巴黎观众的掌声远比之前的几个城市来得早，来得热烈。几乎是看到、听到了每一个出彩之处，他们就会情不自禁地拍起双手。台下的观众掌声不断，台上的演员越发兴奋，当大幕合上之时，全场一千七百多位观众全体起立，掌声持续不停，演员谢幕达六次之多。

《白蛇传》的魅力在于白素贞对许仙的缠绵深情，虽然这是中国的古代神话，但是在当今世界各国人民的心中，这样伟大的爱情同样非常震撼人心。首场演出的成功使我心潮澎湃，深深地沉浸在以中国传统文化征服外国观众的幸福之中。法国素有"西方文化大国"之美誉，法国人并非第一次观看中国京剧，随着这些年来国内京剧团体赴法演出的机会增多，巴黎观众的欣赏水平也在不断提高。因此，这样热烈的掌声来之不易，如此令人激动的场景让人自豪。作为与纽约卡内基音乐厅、莫斯科大剧院齐名的音乐厅，普莱耶音乐厅之前还从没有中国的专业艺术团体在此登台亮相。开此先河的大连京剧院让酷爱艺术的巴黎人再次领略了京剧的风采，更记住了节目单上特意在中国地图上标注的一座北方城市——大连。

演出结束后，中国驻法国特命全权大使赵进军及其夫人面带笑容，专门来到后台看望演职人员并祝贺演出成功。他热情地说道："巴黎的观众很挑剔，他们能送给你们这么热烈的掌声，就是对你们艺术成就的充分肯定。无论是领衔主演李萍，还是其他演员，都非常出色。感谢你们为中法文化交流做出的突出贡献！"随后，赵进军大使又与演员们在舞台上合影留念。兴奋之余，赵大使继续称赞道："你们在《白蛇传》这出戏上下了很大功夫，无论是演员的唱功还是服装的色彩，无论是武戏动作的设计还是整台戏节奏的拿捏，都非常到位，真的很不错！"法国高级时装公会名誉主席、大连市荣誉公民雅克·穆克里埃先生不仅登台祝贺，还写下了热情洋溢的贺词。

因为京剧，更多的法国观众知道了大连，也记住了那台精彩的大型神话传统京剧《白蛇传》。至

赴法国巡回演出《白蛇传》

今，巴黎普莱耶音乐厅的官方网站上，歌剧栏目中仍然保留着由我领衔主演的《白蛇传》视频。

说起我与法国乃至与一些欧洲和拉丁美洲国家能有这么多的文化交流，必须感谢一对法国演出商夫妇——他的名字是让-吕克·拉圭尔，她的名字是尚达勒·拉圭尔。他们夫妇早年曾在法国勒阿弗尔工作，那个时候拉圭尔先生担任该市文化中心主任。勒阿弗尔位于法国西北部，距巴黎一百九十七公里，塞纳河由此流入大西洋。这个港口城市濒临英吉利海峡，素有"巴黎外港"的美称，在法国经济中占有独特的地位。该市与大连市在1985年11月23日缔结为友好城市。

拉圭尔夫妇非常熟悉中国文化，热爱中国文化，曾先后七次接待大连京剧团赴法国、瑞士、意大利、巴西等国巡回演出。此外，他们夫妇还多次邀请大连杂技团和大连艺术学校派人赴法国和其他国家访问演出，与大连市的许多艺术家结下了深厚友谊，

在巴黎普莱耶音乐厅首演《白蛇传》后，中国驻法国特命全权大使赵进军及其夫人登台祝贺演出成功并与演员合影

与法国演出商拉圭尔夫妇合影

也在大连市文化艺术界享有很高的声誉和知名度。

2010年8月，大连电视台推出系列访谈节目《文化星空》，由著名主持人魏妮妮担纲主持，每周与一位为大连的文化事业做出贡献的艺术家相聚在此，介绍他们的成长之路，展现他们的艺术成就，分享他们精彩的艺术人生。我被选定为受访嘉宾之一，在准备录制节目期间，恰好赶上拉圭尔先生来大连访问，与大连艺术学校商谈赴法国演出事宜。节目组的编导听说拉圭尔先生在大连，而且他就是我市艺术团体与法国进行文化交流的创意者和推动者，希望能够采访到他。得知这个要求，拉圭尔先生欣然接受采访。在艺术学校的会议室，拉圭尔先生讲述了他与大连京剧团、与我多次合作赴法国等地巡回演出的难忘时刻：

"我与李萍和大连京剧团的合作已经有二十多年了，当时我正担任法国勒阿弗尔文化中心主任。勒阿弗尔是一个港口城市，与大连是友好城市，因此，我有机会接触大连市的文艺团体。我们两市最早开展文化交往是在1988年，那一年勒阿弗尔文化中心邀请大连杂技团赴法国演出。在前期的准备工作中，我来到大连，参观了大连杂技团，同时也有机会访问了大连京剧团。当时，李萍已经是大连京剧团的一名主要演员。我观看了京剧团的演出，并做出1989年邀请大连京剧团来勒阿弗尔市演出的决定，随后一次历时四个月，时间跨越1989至1990两个年度、行程覆盖法国二十个城市的巡回演出开始了。这是迄今为止中国京剧团访问法国时间最长的一次巡回演出，此次巡演反响非常热烈。李萍在《扈家庄》一剧中饰演扈三娘，她的表演获得了很大的成功。由于此次巡演的成功，我希望继续与大连京剧团进行合作。

"几年后，我离开勒阿弗尔文化中心，成为一位职业演出商。在第一次赴法国巡回演出取得巨大成功的基础上，我又与大连京剧团合作，分别于1995年和1996至1997年度在法国和瑞士两个国家完成了两次商业演出。这两次巡演为法国和瑞士观众呈现了全本的《百花公主》，李萍作为领衔主演成为最大的亮点。我们还把她主演的《百花公主》制作成光盘，受到了爱好京剧艺术的业内人士的热烈欢迎，光盘很快就销售一空，我们不得不再版发行。此外，我们还借鉴了意大利歌剧配法文字幕的做法，在现场演出中为《百花公主》译配了法文字幕，让法国观众在欣赏中国京剧艺术的同时，更好地理解剧情。为中国京剧演出剧目配字幕这一做法在法国是首创，并且产生了积极的效果和非常重要的影响。1996年，我安排了大连京剧团在巴黎最主要的剧院之

——位于蒙马特高地附近的巴黎市政剧院演出全本《百花公主》，演出持续三周，大获成功，常常在开演前就因票已售罄而关闭了售票窗口，剧院场场爆满，座无虚席。法国观众普遍接受过良好的教育，对外国文化和艺术抱有浓厚兴趣，而且具有非常开放的心态，我们非常希望更多地了解世界各国文化。过去，法国观众更

拉圭尔夫人扮成《扈家庄》一剧中的扈三娘

多的只是通过一些武戏、折子戏很直观地了解京剧中的唱腔、表演、武功、器乐等多种艺术形式，而今天，在法文字幕的帮助下，法国观众不仅了解了完整的剧情，欣赏了立体而丰富的艺术，并且感知到中国京剧唱词中的文化内涵，与中国京剧实现了零距离接触，并认识了李萍这位伟大的艺术家。

"《百花公主》在巴黎的成功演出同样吸引了来自世界各国的演出商和剧院负责人，他们专程赶到巴黎观看李萍的演出并纷纷表达了想邀请李萍和大连京剧团演出的愿望，因而李萍和我们的工作团队后来有机会受邀赴其他国家演出，首先是1998年应邀赴巴西圣保罗参加'第七届国际戏剧艺术节'。这次受邀具有非常重要的意义，要知道，这是巴西首次举办以重点介绍亚洲艺术

为主的艺术节。李萍与大连京剧团的演员们带着《百花公主》这出戏成为受邀的亚洲文艺演出团体之一。演出的地点是在圣保罗歌剧院，这是一个世界知名的剧院，剧场非常大，有一千八百个座位。我还记得一个小插曲，当时我们在机场提取托运的行李时发现少了一个服装箱子，因而不得不在巴西筹备赶制一批戏服以完成演出。所幸的是，第二天晚上错发到其他机场的服装箱子被发现，并被快速送到我们入住的酒店。我们在巴西的演出可谓盛况空前，这从现场观众的热情就能感受到。我们的观众有一部分是当地的华裔群体，他们于20世纪初移民巴西，对来自祖国的国粹——京剧艺术满怀深情。此外还有很多巴西观众对演出也充满兴趣，渴望了解京剧艺术。这次在巴西的演出，我们也配了葡萄牙语字幕，以便使巴西观众更好地了解、理解中国的京剧艺术和剧情，使演出获得了很大的成功。

"同样，因为在巴黎的成功演出，我们在赴巴西演出后，于1998年又应邀赴意大利和瑞士两国演出，在意大利都灵参加了每年9月份举办的艺术节——都灵9月音乐节。李萍和她的团队在都灵意大利皇家剧院演出。这个剧院非常美丽，属于传统的意大利剧院的风格，有着金色的梁柱和年代久远的红色帷幕，美轮美奂。李萍在那里演出全本《百花公主》。我还记得在都灵期间，一个演员受伤，我们选择都灵足球运动员的定点医院给这名演员做了手术，他恢复得很好。这些巡回演出中的一些小插曲给我们留下了回忆，让我们不时回味那段难忘的时光。同样，我们在意大利也取得了很大的成功。都灵之后，我们紧接着应邀赴瑞士意大利语区的城市卢加诺访问演出，反响同样热烈。

"之后，我因为到法国外交部工作，不得不暂停与李萍和大连京剧团的合作。而在外交部的工作结束之后，我再次成为演出商，立刻想到的就是希望再次与李萍和大连京剧团携手。于是在2007年，我邀请李萍和大连京剧团再次来到巴黎。可以说这次的演出是艺术上的一次朝圣，我们在巴黎最大的音乐厅——普莱耶音乐厅演出。这个音乐厅在法国音乐史上具有重要地位，19世纪，肖邦曾在此举办音乐会。音乐厅久负盛名，能够容纳一千七百人，李萍在那里连续演出了三场全本《白蛇传》，大获成功。这次成功不仅在于一个伟大的艺术家为我们呈现了一台精彩的演出，更重要的是中国京剧在这样一个重要的、具有特殊意义的场所进行了完美的演绎。李萍和大连京剧团在法国掀起了一阵京剧热潮，巴黎的大街上到处都可以看到李萍主演《白蛇传》的海报，中国驻法国大使及其他中国驻法国使馆的官员也亲临演出现场，与众多法国观众一同欣赏演出，这在中法文化交往史上书写了重要的篇章。除了在巴黎演出之外，剧团还在法国若干个城市进行巡演，也都取得了成功。我们同样为《白蛇传》配了法文字幕，帮助法国观众更好地理解剧情。我认为，这次演出是李萍和大连京剧团在法国最成功、最美妙的一次演出，达到了艺术的顶峰。整场演出演员表演细腻，舞台效果绚丽，李萍不论在文戏方面还是在武戏方面均表现出色，堪称完美。她作为一个文武全能的京剧表演艺术家，唱腔圆润饱满，表演一招一式辗转灵动，极富感染力，给我留下了深刻而美好的记忆，使我特别感动。

"总之，这些在不同时间、不同国家完成的巡演所取得的巨大成功都得益于李萍这样一位伟大的京剧表演艺术家的精湛演

与赴法国巡回演出《白蛇传》的海报合影

技。她很勤奋，刻苦用功，对艺术要求很高，在巴黎依旧是不厌其烦地反复排练，准备演出的剧目，以达到最好的演出效果。她充分了解并热爱京剧这一艺术形式，也懂得凭借她的个人魅力把她的团队团结在她的周围。回忆与大连京剧团结缘的二十年，我目睹了李萍个人艺术生涯中一个个精彩的瞬间，目睹了她一步步成长为一个国内、国际知名的京剧表演艺术家，同时也感受到了围绕在她周围的大连京剧团的进步与发展。二十年来，大连京剧团已从最初的一个地方艺术团体成长为全国最好的京剧表演团体之一。

"李萍，京剧非常棒！"

近二十年来，我目睹并亲身经历了大连京剧院在国际舞台上获得的成功。中国与日本是一衣带水的近邻，自古以来，两国关系曲折发展，既有两千年友好交往的历史，也有近代日本对外扩张给中国人民带来的那段惨痛历史。公元8世纪的鉴真东渡就是中日友好和文化交流史上动人的佳话。在我们赴日本进行文化艺术交流和巡回演出的安排方面，必须要提及一位日本演出商朋友，他的名字叫津田忠彦。把大连京剧团推荐给津田忠彦认识的伯乐，在中国方面是中国戏剧界的大师级人物、中国戏剧家协会副主席刘厚生先生，日本方面是日本大学艺术学部主任、著名学者松原刚教授。经过到大连实地访问考察并观看演出，津田忠彦先生于1993年5月邀请我们去日本演出，其中我主演的剧目是《白蛇传·盗草》一折。演出中，我凭借俊美的扮相和出色的表演征服了日本的观众，每天都有观众为我献花，日本的媒体对我在京剧表演艺术方面的成就好评不断。此次巡回演出虽然场次不多，但却给日本观众留下了美好的印象，我们大连京剧团在津田的话剧人社和亚洲青少年文化交流中心更是成为人人都赞不绝口的好剧团。

　　1996年5月至7月、9月至11月，津田忠彦先生又两次邀请大连京剧团赴日本各地巡回演出，足迹遍及东京、福冈、熊本等地。5月至7月演出的是折子戏，其中我主演的剧目是《秋江》。9月再赴日本时带去的是大戏，其中我主演的剧目是《百花公主》。在东京艺术剧场，《百花公主》连续演出九场，场场满座，观众的掌

在日本演出《秋江》

声、谢幕时的喊叫声不绝于耳。我记得国家文化部副部长刘德有、中国驻日本大使徐敦信还分别为我们的演出写了祝词。演出期间，恰逢刘德有副部长访问日本，他专门赶来观看了我们的演出，并在演出结束后登台接见了全体演员。他说："作为大连人，我非常高兴在东京看到大连京剧团的精彩演出，我为自己的家乡感到自豪和骄傲。"

1998年7月，我和大连京剧团应邀去巴西圣保罗访问演出，在日本东京转机。其间，津田先生与范相成团长相约在东京成田国际机场见面。范相成团长回忆说："津田先生在与我见面时提出，希望我们排演全本《霸王别姬》去日本演出。理由有二：一是电影《霸王别姬》在世界各地包括日本上映，反响热烈，有号召力和影响力就有票房；二是日本观众熟悉并喜欢你们团的演员杨赤和李萍，他们俩搭戏必然是珠联璧合，一定会很受欢迎。但是这个戏需要加工整理，他计划1999年年初去大连看戏，不出意外，当年就可以邀请大连京剧团来日本演出。此事就是这样确定下来的。"

《霸王别姬》是京剧表演艺术大师梅兰芳的经典名剧之一，主要角色是项羽的爱妃虞姬。据史书记载，西楚霸王项羽是力能扛鼎、气压万夫的一代英雄豪杰。他在与汉王刘邦争夺封建统治权的战争中被困于垓下，项羽突围不利，又听得四面楚歌，怀疑楚军尽已降汉，自知大势已去，在营中与虞姬饮酒作别。虞姬是项羽的爱姬，相传她容颜倾城，舞姿美艳，才艺超群。在四面楚歌的困境下，她一直陪伴在项羽身边。史书中虽然没有介绍虞姬的结局，但后人根据项羽所作的《垓下歌》臆想她的结局是在楚营内自刎，由此流传下了一段"霸王别姬"的美丽传说。虞姬与项羽的故事已经在历史的长河中留下深深的印记，令后人唏嘘不已。

电影《霸王别姬》改编自李碧华的同名小说，由陈凯歌执导，张国荣、巩俐、张丰毅领衔主演。该片于1993年荣获法国戛纳国际电影节最高奖项——金棕榈大奖，成为首部获此殊荣的中国影片。

1999年2月至3月，由我和杨赤主演的梅派经典名剧《霸王别姬》在日本东京阳光剧院连续演出二十场，场场爆满，一票难求。演出中掌声、叫好声爆棚，特别是在《别姬》一场戏中，我所塑造的虞姬这一人物形象侠气而柔美，表现出为爱情宁可粉身碎骨的可贵气质，这一凄美动人的悲剧也让众多日本观众流下感动的泪水。

在日本，有的戏迷会唱整出的戏，有一些戏迷不仅场场都

《霸王别姬》剧照

来，而且买的都是同样的座位。他们对中国京剧的痴迷也让我很感动。更有日本的铁杆戏迷追到大连来看我的演出，这足以证明中国的传统文化在日本产生的巨大的影响力。

这次演出是津田先生的极光展览公司第一次与日本经济新闻社合作。日本经济新闻社创建于1876年，是日本主流媒体之一，报道内容涵盖政治、经济、科技、文化、教育、体育、外交、军事各个领域。该新闻社下属的报纸《日本经济新闻》分早刊和晚刊，发行量达三百万份，难怪我们一踏上日本土地便到处可见《霸王别姬》的演出广告。据津田先生介绍，日本经济新闻社确实在宣传方面做足了功课，很早就对外发布了我们来日本演出的消息。看来与一家主流媒体强强联合，是一个不错的战略选择。演出的巨大成功和丰厚的票房回报使日本经济新闻社成为津田直到现在还在合作的伙伴。

1999年9月，"庆祝中华人民共和国成立五十周年暨中日文化协定签订二十周年——99东瀛行"大型演出展览系列活动在日本举行。为增进中日文化交流和人民友好，津田忠彦先生邀请山东省京剧院赴日本演出全本《杨门女将》，同时盛情邀请我出演第一主角穆桂英。

《杨家将》的故事在中国家喻户晓，杨家女将的英勇传奇可谓人人知悉。20世纪60年代创作演出的京剧《杨门女将》是受到广大观众热烈欢迎和盛赞的优秀剧目。北宋仁宗年间，西夏王举兵侵犯宋朝边境，杨家第三代杨宗保主帅在边关与西夏侵略军交战中遭遇伏击，中箭身亡。万分危急之下，孟怀源和焦廷贵回朝求援。天波府众情激愤，国恨家仇激励着杨家众女将出征边关。

在日本演出时与演出商津田忠彦先生（右）合影

佘太君凛然挂帅，率领杨门女将奔向边关，抗敌救国。经过艰苦奋战，杨家女将出奇制胜，保卫了国家的安全。京剧《杨门女将》歌颂了杨家一门忠烈气壮山河的爱国情怀，全剧的故事既有粗线勾勒，又有细腻的刻画，情节波澜起伏、引人入胜。

山东是文化大省、孔孟之乡，那里的文化艺术传统源远流长，艺术资源绚烂丰富。山东省京剧院更是国内知名的京剧院团，方荣翔就是该团的著名京剧表演艺术家，由宋玉庆领衔主演的《奇袭白虎团》更是誉满全国，成为山东省京剧院的骄傲。像这样国内一流的京剧院团出国演出时，第一角色外请是前所未有、令人难以置信的。后来得知，这是日本演出商津田先生的决定。通过几次赴日本演出，特别是《霸王别姬》在东京产生的轰动效应，我在日本京剧观众中获得了较高的知名度和影响力，有很高的人气和号召力，这对他们的票房收入和公司的形象也是极其重要的。难怪接待我们演出的剧院在宣传海报上的显著位置写道："今年3月曾因《霸王别姬》公演而备受瞩目的领衔主演李萍女士将与山东省内精选的女演员联袂演出。"就这样，津田先生和著名京剧导演李幼斌先生以及山东省京剧院合作改编导演了《杨门女将》。

李幼斌1938年出生于北京，是福建省京剧团著名的京剧表演艺术家和导演。1999年，他受日本津田忠彦先生和中国对外演出公司的邀请，去山东省京剧院导演《杨门女将》赴日演出。李幼斌老师在《我与津田忠彦合导京剧〈杨门女将〉》一文中这样写道："中国大型京剧《杨门女将》经过一年多排演，先后六次反复修改和加工，将以崭新的面貌于1999年9月向日本观众展现。《杨门女将》成功的排演是中日两国合作编导的杰作。

"津田忠彦先生对中国京剧十分熟悉和热爱，并且对京剧的改革、创新、发展与继承有着很深刻的见解。在日本，喜爱京剧的观众人数不断增加，他们的欣赏能力也逐渐提高。随着观看演出机会越来越多，许多热情的观众对京剧艺术的需求越来越强烈。这种良好局面的形成及取得的丰硕成果与日本极光展览公司、津田忠彦先生十四年来引进中国京剧艺术所做的一切努力，与他们不懈的敬业精神是分不开的。大型历史京剧《杨门女将》的演出是以上述成绩为基础而设计安排的，这给我与津田先生再次合作创造了良好的机会。我与津田先生的合作是很默契、很愉快的，这是奠定作品成功的基础。

"这次编导《杨门女将》，我们的合作坦诚、友好，在某种程度上我是听从他的意愿来对《杨门女将》进行重大修改和排演的。津田先生非常了解日本观众对中国京剧的欣赏水平与观赏能力，我们必须排演出符合日本观众口味的京剧，这正是我们编导艺术构思的基础。

"选拔最佳演员阵容，这是导演最费心思的大事。山东省虽说是中国京剧大省，优秀人才众多，但《杨门女将》这出戏要求行当齐全，主演角色搭配要整齐，既要色艺双绝，又要流派纷呈，这才能使全剧演出完美无缺。

"穆桂英这个角色是《杨门女将》的一号主角，又是全剧的灵魂人物，必须要选一位表演艺术全面的演员来加盟。津田先生推荐大连京剧团著名旦角李萍出演穆桂英。李萍应津田先生邀请已四次东渡日本进行演出，津田先生十分了解李萍的艺术功底。李萍是第十二届中国戏剧表演艺术最高奖'梅花奖'的获得者，她戏路宽，文武兼备，嗓音清脆，唱腔圆润，扮相俊美，台风高雅，是中国京剧舞台上的佼佼者。由李萍扮演穆桂英、郭跃进扮演佘太君、任德川扮演采药老人可谓珠联璧合。他们三人的高超表演艺术，使《杨门女将》一剧的演出更加辉煌。"

《光明日报》是由中央宣传部直接领导的全国性的大型官方新闻媒体之一，它的主要读者对象以知识分子为主。该报常驻东京记者单三娅于1999年9月22日以《〈杨门女将〉让东京观众大开眼界》为题，对我们此次访日演出做了如下报道：

本报东京9月21日电（记者单三娅）今晚在东京艺术剧场，山东省京剧院演出的重新排演的《杨门女将》使在场近千名观众大开眼界，大饱眼福。

这次赴日参加 99 东瀛行演出之前，山东省京剧院在日方经纪人津田忠彦先生的协助下，共同改编了国内演出多年的《杨门女将》。新版《杨门女将》剧在保持了原剧韵味和唱、念、做、打并重的基础上，增加了序幕为剧情做交代，精简了过渡程式，浓缩了部分唱段，利用切换和蒙太奇语言，使节奏加快，将原戏从两小时四十分钟缩短至不足两小时。在东京演出时，新版《杨门女将》借助幕间画外音介绍和日文字幕，不仅使日本观众看懂了剧情，而且也使他们深为剧中人物的命运所感动。曲折紧张的故事情节，演员精彩的唱功和武打，不断博得观众们的笑声、喝彩声和掌声。尤其是扮演穆桂英的李萍，形神兼备，唱做俱佳，深得观众喜爱。幕间休息时，两位装束新潮的高中学生对记者说，这是她们第一次看京剧，发现服装好看，'唱得好听，乐器的声音也很新鲜。散场后，一位喜欢歌舞伎的老者说，歌舞伎是为叙事而唱，京剧则不同，有些像西洋歌剧，歌舞伎演出会牵真马上台，而京剧则采用象征手法。他认为这很有意思。

据悉，首演之后，山东省京剧院还将在日本各地巡回演出，12 月回国。

坦率地说，这是我人生中一次美丽的邂逅，也是一次难忘的旅行。此次参加山东省京剧院的排练和与该

日本媒体的采访、报道

院赴日本演出全本《杨门女将》，我与山东省京剧院的同行们结下了不解之缘，特别是与导演李幼斌老师、白云明老师和佘太君的扮演者郭跃进老师相处得很好，配合默契。我在他们身上学到了很多优秀品质，无论在济南的排练期间，还是赴日本演出的时候，我得到山东省京剧院同仁无微不至的关心和照顾。山东人在工作中的严谨和认真、在生活中的淳朴和善良，都给我这个祖籍山东的大连人留下了难以忘怀的记忆。这次赴日演出票房超火，日本媒体和观众的评价也非常好。日本观众又一次欣赏到我唱、念、做、打全面的表演技艺。日本NHK电视台还向世界做了实况转播。

在这里，我必须向读者郑重地说明一下，此次《杨门女将》的演出成功，与李导和山东省京剧院艺术家的鼎力相助分不开，更令我难以忘怀的是著名戏剧导演艺术家郑亦秋先生和王晶华、刘亮老师，他们对我的启迪精准入髓……

那是20世纪80年代初，哈鸿滨校长为我们大连艺术学校实验京剧团请来了《杨门女将》的原排导演、主演教授此剧。虽然只有不到三个月的时间，可是对我这个刚刚二十出头、涉世未深、艺术上懵懵懂懂的女孩来讲，真是受益终生……郑导演不厌其烦地把当年杨秋玲老师排练、演出的场景描绘着、复述着，启发着学生，至今让我记忆犹新……没有这样一段宝贵的经历，也不可能会有我今天的成功。在此，我非常虔诚地告慰郑导的在天之灵：我没有辜负您老人家的期望。同时，我也要对王老师、刘老师说一声：我们这一代人已经承担起弘扬中国文化、传承京剧艺术的责任。

2001年，津田忠彦先生又一次邀请我们东渡日本巡回演出

赴日本演出《霸王别姬》，与日本观众合影

《霸王别姬》《百花公主》。除东京以外，我们还去了大阪、富山等地，我与杨赤以精湛的技艺、独特的艺术魅力再次征服了日本观众，所到之处无不受到日本观众的热烈欢迎和高度赞赏。

如今，范相成先生已从最后一个工作岗位——大连艺术学校校长的职位上退休十多年了，但他仍然与津田先生保持着联系。2014年3月，范相成还专程到北京与津田忠彦先生相聚。津田先生风趣地对范相成说："大连京剧团是我的福星。1993年大连京剧团来日本演出，你当时不计报酬的姿态使我备受鼓舞。与日本经济新闻社的合作也是从你们团开始的，有了日本经济新闻社的合作，我不用担心演出赔本卖房子啦。"

津田先生至今还在从事引荐中国京剧演出团赴日本的演出活动，这一行他无怨无悔地干了近三十年。为表彰津田忠彦先生对发展中日文化艺术交流工作的杰出贡献，中国文化部曾两次对其予以嘉奖。近些年来，他仍矢志不渝，继续坚守着他自己热爱的这一份事业。

1999年，大连京剧团应荷兰阿姆斯特丹国家歌剧院邀请，与该院再次联袂排演大型歌剧《希尔》。《希尔》是荷兰国家歌剧院将西方歌剧与中国京剧融合的第一次有益的尝试，我在剧中把西方歌剧和中国京剧的艺术特点有机地结合在一起，受到荷兰观众的认可和欢迎，2000年初的演出获得圆满成功。

2015年是中国与克罗地亚建立全面伙伴关系十周年。2月5日至13日，应中国驻克罗地亚使馆邀请，我参加了由中国文联组派的中国文联演出团，赴克罗地亚进行"欢乐春节"杂技、戏曲专场演出。此次演出有大连杂技团表演的杂技，还有京剧、川剧、舞蹈等节目，我演出的节目是京剧《贵妃醉酒》一折。

2月7日，克罗地亚首都萨格勒布尽管大雪骤降，但能容纳一千八百名观众的林辛斯基大剧院座无虚席。在中国文联副主席夏潮、中国驻克罗地亚大使邓英的陪同下，克罗地亚总统约西波维奇、议长莱科、前总统梅西奇等克罗地亚政要和各界知名人士出席了首场演出。演出结束后，全场观众掌声雷动，对中国艺术家精湛的表演予以赞赏。

第二场演出在克罗地亚港口城市里耶卡进行。里耶卡于2006年与大连结为友好合作关系城市，演出前，齐春生团长向里耶卡市市长转交了大连市市长肖盛峰的问候信，肖市长在信中代表大连市民向里耶卡市民转达了良好的新春祝福。里耶卡市市长在致辞中说："我们在大连有六百九十万中国朋友，欢迎我们的朋友来里耶卡做

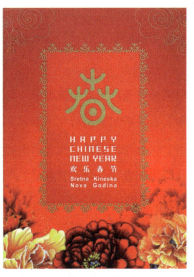

赵克罗地亚演出《贵妃醉酒》宣传画册

客，希望继续促进两个城市的文化交流和经贸往来。"

最后一场演出在波雷奇进行。由于观众热情踊跃，演出地点临时改在当地最大的能容纳三千五百余名观众的体育馆进行。演出同样受到了热烈的欢迎。

此次演出，克罗地亚国家电视台、国家广播电台等十余家主流媒体连续数天予以报道，极大提升了中国文化艺术在克罗地亚的影响力。

2015年2月13日，中国驻克罗地亚大使馆发来感谢信，信中说："此次'欢乐春节'杂技戏曲专场演出深入当地主流社会，引发了巨大轰动和热烈反响，取得极佳的外宣效果，也帮助我使馆成功地实现了2015年公共外交开门红。"

这次赴克罗地亚的访问演出弘扬了中国文化独特的魅力，提升了中国文化在克罗地亚的影响力，为增进中克两国人民的相互了解和友谊做出了贡献。

在国内，港澳台地区也是世界文化艺术交流的窗口，我也曾多次赴港澳台地区演出。1990年8月底，为参加香港纪念徽班进京二百周年活动、庆祝邓宛霞京昆剧团正式成立，我和大连京剧团应邀赴香港访问演出，主演《女杀四门》。这是我首次亮相香港，9月4日，香港《星岛晚报》以《〈女杀四门〉功架靓》为题，对我的演出进行了专门评论。这出戏由张铁华老团长根据我掌握的武功技能重新进行了独具匠心的编排，闻占萍老师特意为我设计了【西皮慢板】的唱腔，杨秋雯老师又对我整出戏的唱、念、做、打予以精心指导、全面规范。我没有辜负几位老师的期望，一出《女杀四门》使我的名字传遍香港。香港戏剧评论家江上舟先生表示："这些年到香港来的武旦、刀马旦大多没嗓子，文戏不行。没想到李萍有这么好的嗓子，能唱文戏。演《女杀四门》这类戏，能凭唱功让观众叫好，可是太不容易了。"

1997年7月，应台湾方面的邀请，我参加了中国文联组织的"梅花奖"艺术团，飞越台湾海峡，赴宝岛台湾访问演出。此次"梅花奖"艺术团团长由中国文联办公厅主任程路先生担任，他在《致台湾观众》一文中这样写道："我们越海而来，奉上的珍宝是中华民族的国粹艺术——京剧。

"京剧以我们民族优秀、崇高的道德价值观念演绎我们的历史，塑造各种各样的人物，颂扬仁人志士，嘲讽丑类宵小，伸正义，挞不平，抒挚爱，求祥和。京剧可以说是我们民族精神、道德标准最集中的艺术体现。

"京剧是以我们民族独有的美学观念建构戏剧殿堂。它出神入化、宏远幽深、天上地下、神人精灵，无广勿及，无妙勿达。京剧融音乐、舞蹈、美术、服饰于一体，化诗歌、雕塑、魔术、杂技于至境；十年百载凝为瞬间，千军万马集成数人；飞天遁地、舟行车驰，舞台小世界，世界大舞台。西方戏剧家赞京剧为'人类理想的戏剧'，华夏子孙皆称京剧为中华之'国剧'，实为恰确公正之评论。

　　"地无分南北，人无分老幼，一声【二黄导板】，一曲【西皮流水】，就可勾起华夏儿女浓烈的乡思，兴起对中华文化博大精深的自豪。京剧又是穿起所有华人内心世界的金丝线。

　　"我们中国文联'梅花奖'艺术团，以极具实力之天津京剧院为基本班底，诚邀中国戏剧表演最高奖'梅花奖'历届得主——八名艺术家加盟。赵葆秀、黄孝慈、李萍、辛宝达、张萍、杨乃彭、邓沐玮、李经文、张幼麟、李莉、王平、康万生、张学敏、胡小毛等艺术家竞相献艺。文武昆乱不挡，生旦净丑俱佳，同心勠力，向宝岛同胞献上精湛之技艺、炽热之爱心。

　　"尊敬的观众，这几场戏可以说是戏码好，角儿好，行头好，布景好，文武场更是没挑。要是不来看戏，您会后悔的。

　　"同行们、票友们，我们全团都敬候着您，要给各位一个难忘的美丽的夜晚。丁丑仲夏于台北"

　　台湾各种传媒如《联合报》《中国时报》《大成报》《申报》等纷纷以《跨世纪的组合，钻石般的阵容》《大陆名角相继来公演，传统舞台满布熠熠星光》《天津京剧院与"梅花奖"名角联合大公演》《大陆名角会演，今晚起连演九天》《天津京剧院与"梅花奖"名角国家剧院彩排，戏迷抢猎镜头》《大连京剧团台柱演员李萍》等为题，对我们此次台湾之行做了大量追踪报道。我非常珍惜这次难得的机会，原因有三：第一，我是大连市第一个赴台湾演出的演员；第二，我单枪匹马与诸位名角同台献艺，而且演出地点在台北中正文化中心；第三，我的演出剧目有《四郎探母·盗令》《红鬃烈马·银空山》《百花公主·赠剑》《白蛇传·游湖借伞—水漫金山》《女杀四门》，青衣、花旦、刀马旦、武旦戏俱全，全面展示出唱、念、做、打的基本功。我清醒地意识到，这是台湾的内行和观众要通过我认识大连，认识大连京剧团。因此，我在台湾的舞台上使出浑身解数，超常地发挥，演出大获成功。

台湾《申报》主办人、著名戏剧评论家李能宏先生在《李萍台北亮相》的文章中写道："中国京剧形成于北京，名角多集中于斯。台湾邀角者，都注意各大都市剧团，甚少有全面观察。从7月11日在环亚大饭店的记者招待会开始，14日的彩排、16日的《四郎探母·盗令》、19日日场的《百花公主·赠剑》、20日的《女杀四门》、21日的《白蛇传》、23日的临别纪念演唱大会，李萍的风头最健，在台上台下都受到热烈欢迎。她台上技艺精湛，台下谦虚有礼，各界争相邀约，报社、电台采访者络绎不绝。兹将她在台演出各出戏的精彩情形介绍如后。

"7月11日，记者招待会上，各报记者五十余人，摄影机五架。记者对着美丽大方的李萍猛拍照，使其他演员都感羡慕。她在记者会上唱了一段《白蛇传》里的【快板】，虽然时间不到两分钟，但她吐字清晰、快而不乱，得到热烈掌声。李萍第一次在台湾亮相成功了。

"7月14日，彩排招待记者，李萍演出拿手戏《盗草》片段，帘内唱【高拨子导板】，未出场就得了个满堂好。出场后，李萍边唱边打，这种演法在台湾是首次看到，一般演法是只打不唱。观众们看到新奇的演法就很惊奇，她唱得好，打得精，不到二十分钟的演出，得到十几次热烈掌声。

"7月16日，李萍在《四郎探母》中演盗令的铁镜公主。她

访问台湾时，演出团主要演员与接待单位负责人合影

落落大方，旗步走得稳，曲调唱得韵味十足，和黄孝慈（《坐宫》的公主）、张萍（《回令》的公主）相比，毫不逊色。她告诉笔者，她过去没演过这种角色，是临时'钻锅'（演出时，演员为扮演自己所不会的角色临时学习）。现学现卖能有如此好的成绩，可见她戏路宽，基本功好。

"7月17日，李萍在《王宝钏》中饰演代战公主。她扮相英武俊美，高台望兵神采奕奕，有大将风度，与高思继之开打快捷神速，耍枪花下场美极了，得了个满堂彩。一位年长的观众，对他邻座的老伴小声地说：'这是我第一次看到演得这样好的代战公主。'老人之言确有见地。

"7月19日日场，李萍演出折子戏《赠剑》，该剧为《百花公主》其中的一折。李萍以刀马旦应工，她扮相英俊秀丽、娇艳妩媚，出场就是迎头好。她表演细腻传神，演技娴熟洗练，初见海俊唱【南梆子】：'观此人似潘安倜傥英俊……'她的唱腔甜润委婉，嗓音清脆嘹亮，《允婚》前的第二段【南梆子】佳腔迭出，更为精彩，得了满堂彩。这出戏与众不同，是张春孝和刘秀荣夫妇合作改编的，改得好，演员更有发挥机会。去年刘秀荣到台北时曾告诉笔者，她的学生李萍这出戏演得最好。前天，笔者到阳春公司购买了整出《百花公主》录影带，看后大开眼界，可惜这次李萍只能演《赠剑》一折。如能演整出，定会轰动。

"7月20日晚场，李萍演《女杀四门》。她饰演刘金定，扎靠戴翎，俊俏英武，一段【西皮慢板】【原板】【垛板】唱得满宫满调、韵味十足。开打中，她妙在快、准、稳、美，每杀一门，除与敌将对打外，还要耍不同的枪花。最精彩的是快转身、急刹车、单腿拧身、鳖腿坐盘矮亮相，最后持大刀倒扎虎劈叉，动作干净利落，观众齐声叫好。邻座一位四川籍老者边鼓掌边说：'这个女娃功夫好，硬是要得。'一出精彩的刀马旦好戏，在热烈的掌声中结束。

"7月21日，晚场只有一出大戏《白蛇传》，李萍演《游湖借伞—水漫金山》。出场前一句帘内【南梆子导板】唱得高亢脆亮，观众频频叫好。接下来的唱段，观众句句都叫好。前半出戏里她展现了能唱善做的才华。《盗草》里又唱又打又踢枪，非常精彩。《水漫金山》里她巧耍令旗，手中的令旗舞动起来像块红木板一样，左右前后转动，好像粘在手上，功夫到家！一整出《白蛇传》，她自己演了半出，前青衣，后刀马，她都演得很出色。这出戏展现了她深厚的功力和娴熟的武技，她精彩的演技，被观众肯定。

"23日夜场，临别纪念演唱大会。各位主演各显其能，李

赴台湾演出海报

萍先唱了一段《铁弓缘》选段，观众热烈鼓掌，要求安可，她又唱了一段《白蛇传》【快板】。她的《铁弓缘》是关肃霜教的，唱腔的确是'关味'；《白蛇传》是跟刘秀荣学的，唱出来有'刘味'。她学谁像谁，真是名师出高徒。只见李萍身着黑色带银色亮片礼服，鲜艳夺目，她婀娜多姿的身材在群星中最为出色，羡杀同侪。

"李萍单枪匹马搭上天津的大班，来到宝岛台湾献艺，真是艺高人胆大。她成功的演出与天津团给她的协助紧密相关。她是大连京剧团的开路先锋。"

目睹原汁原味的京剧艺术不仅在大陆受到青睐，而且在港、澳、台地区以及国际舞台上也受到欢迎，我深深感悟到，当今世界的舞台越来越开放，文化色彩越来越多元，保存、继承本民族的传统文化仍然是一个重要课题。民族的才是世界的，对于京剧而言，传统仍将是它的根基。

多年来，每当我们出国演出，我都能亲身感受外国友人的热情，收获他们对中国文化的赞赏。尤其印象深刻的是，每次演出结束时，谢幕都要达到五六次，许多观众还到后台要我们的签名并邀请我们合影留念。还有些戏迷就像追星族一样，我们到哪个城市演出，他们就跟随到哪个城市，这让我们非常感动。

艺无止境，学海无涯。在这本书即将付诸出版之际，我真的是思绪万千，感慨良多。

"宝剑锋从磨砺出，梅花香自苦寒来。"艺术的积累是一个艰巨而又漫长的过程，这其中包含了太多的苦辣酸甜。四十多年来，我在艺术道路上持续不断地耕耘，不断收获着成果。在这里，我要感谢国家的培养，感谢人民的厚爱，感谢这份职业带给我充满挑战的艺术人生，感谢一路陪我走来并给予我谆谆教诲的各位老师，感谢为我艺术升华给予我悉心指导的各位专家，感谢京剧院各位领导、同仁的鼎力相助，更要感谢我的家人对我的默默支持和倾情付出。

特别要感谢的是范相成、杨赤、平涛、丁艳玉以及我的琴师徐大有、化装师韩素英和众多无法一一列举的同事，对我在京剧艺术的道路上给予的帮助。

范相成、王彦春、宋超、马丽华等同仁为我完成这部书稿提供了宝贵的支持，周卫兵师哥为我提供了许多珍贵的照片……我谨在此向他们表示诚挚的谢意和美好的祝福。

慧眼识珠

李萍不仅融会了诸多名旦的艺术精华，集文武于一身，而且塑造了一系列光彩照人的舞台艺术形象。她领衔主演的全本《百花公主》在中国京剧舞台上占有一席独特的地位。

《百花公主》是一出高品位的戏

○ 马明捷

　　《百花公主》是一出高品位的戏。大连京剧团于1992年12月在北京吉祥戏院演了三场全本《百花公主》，大获成功，回来后，春节期间继续演出，效果也不错。看来，这出戏有希望保留下来。它的意义不仅在于使李萍终于有了一出合适的戏，也不仅在于使大连京剧团又增加了一出参加全国京剧界竞争的剧目，对于中国的京剧艺术，也有其独特的作用。

　　《赠剑》本来是昆曲《百花记》的一折，《百花记》被搬上京剧舞台后，只有《赠剑》《点将》二折流行。新中国成立前，程砚秋、李世芳、宋德珠改编、演出过全剧，好像都不怎么成功，所以全没保留下来。新中国成立后，舞台上只有《赠剑》，《点将》也见不到了，据说上海京剧院李玉茹演过全本《百花公主》，影响也不大。倒是20世纪80年代后崛起的胡芝风把这出戏唱出了名气，不仅在国内各地演，还把它送到了香港，甚至国外。大连京剧团于1989年演的就是胡芝风到大连教给李萍的，那几年还真为剧团、为李萍争下了不少荣誉。

从全本戏中只挑几个折子演出，演来演去，折子戏越演越精，全本却不见了，这是中国戏曲的一个独特现象。自清乾隆、嘉庆年间以来，昆曲的舞台演出就开始有这个状况了，到后来几乎哪出戏都看不到全貌了。

折子戏的出现，一方面标志着昆曲表演艺术和观众欣赏水平的提高，即观众对戏剧的要求已进入对演唱技艺的美学鉴赏阶段，而不再停留在对故事情节的一般欣赏上；另一方面，折子戏的出现，也是昆曲衰落的开始。单纯欣赏表演技艺的形式美而不再注重戏剧的故事和情节的，永远都是少数人，大多数人对折子戏看不懂，甚至被认为"不配看"的时候，这种戏剧形式就必然逐渐失去生命力了。

京剧是继承了昆曲的许多东西形成的，特别是继承了严格规范的昆曲表演程式，精绝的唱、念、做、打，因此，也就十分自然地把昆曲折子戏的传统也继承下来了。京剧形成之初还是很重视整本戏的，"三庆的轴子"（即四大徽班之一的三庆班擅长演有头有尾的整本大戏）就是如此，后来的梅兰芳、周信芳、马连良等也在编演本戏（成本演出的戏曲）和把折子戏增首益尾上做了许多事情，甚至形成风气，但是演折子戏始终是京剧的重要演出方式。到近几年，京剧舞台上折子戏越来越多，整本戏又很难见到，不少中青年演员学戏、演戏也只是一折、两折，自己也不知道全剧是怎么回事。这是个不祥之兆。演折子戏本身并没有什么不好，问题是舞台上尽是些前边是什么不知道、后面怎么样也不知道的片段，恐怕说京剧要蹈昆曲之覆辙也不是故作惊人之语了。把优秀的、确实在表演艺术上有东西的折子戏加以再创作，使其首尾连贯、情节完整、人物命运有始终，使其成为于现实有新意，既能满足内行的需要又能吸引外行的整本戏，实在是极有意义的事情。

就说《百花公主》吧，《赠剑》一折，确实有玩意儿，很好看，可是有几个人明白舞台上的百花公主和海俊，还有那个江花佑是怎么回事？他们是什么关系？海俊是什么人？他到公主这儿来干什么？他们相爱，赠剑之后又怎么样了？看不明白，自然就不愿意看，结果必然是让这些绝迹于舞台。胡芝风演出的《百花公主》好就好在有头有尾，看了明白，《赠剑》之后还有几场好戏，能把演员的本领发挥出来，因此，受到各方面欢迎。但是，这出戏之所以没能像《李慧娘》那样得到推广，有一个大问题就是海俊的身份。他是个间谍，到安西国是来搞颠覆的，和公主恋爱是假的，所谓"功业美人一肩挑"，爱情成为一种政治斗争的手段，还有美可言吗？所以，使人看了老是觉得别扭。《赠剑》一场，两个人爱得不美，戏不好看；爱得越美，这种别扭越强烈，后面的戏也越不好演。安西国的遭遇、百花公主的命运激不起人们的同情，因为这一切都是咎由自取的。胡芝风对这一点也始终不满意，跟我就说了好几次，要商议个修改办法，但一直没能实现。这次大连京剧团孟繁杰执笔动手修改剧本，主要是改这个，虽然现在还有一些过不去的地方，但总算把海俊的身份、使命改过来了，不再是色情间谍了。《赠剑》一折立住了，不再违背人的审美感受了，后面的戏也就好办了。这次在北京演出，观众的反应和专家的评论都证明了这一点，这一稿改得基本上成功了。以后就是继续修改、加工的问题了，方向、路子对头是成功的基础。

为了研究京剧的兴衰，我这两年关注了戏曲剧种的历史。河北梆子从21世纪初开始呈现颓势，其中原因很多，艺术方面一个重要原因是女演员兴起后，她们的基本功不全面，大都专崇唱功，做功、念功、武功日益萎缩，使河北梆子剧目减少，表现手段单调，逐渐失去了与别的剧种，特别是与新兴的京剧的竞争能力。这一历史教训，是其他戏剧形式极应该吸取的。

不幸的是，当初把唱、念、做、打多种表现手段高度综合起来塑造舞台形象，创造了丰富多彩的形式美的京剧，今日又走上了河北梆子的老路，出现了"文戏歌唱化，武戏杂技化"的倾向。

比如，人们常说京剧现在旦角是"十旦九张"，老生是"十生九杨"，花脸是"十净九裘"，的确，张君秋、杨宝森、裘盛戎都是对京剧有大革新、大创造、大贡献的前辈艺术家，他们在旋律、发声、唱法上都是造诣精深、经验丰富的，后人学习、仿效他们也是非常自然的。但是，京剧的旦角、老生、花脸等除了唱功之外，还有很多其他风格、流派的戏和表演方法，此为京剧能吸引各种爱好、各种兴趣的观众的原因。张、杨、裘虽然唱功卓越，但当年也不是光在台上站着唱的。而现在站着唱成了舞台演出的主流，前年全国中青年京剧演员电视大赛，四个入选的花脸，三个包拯站着唱。这种现象说明，许多中青年演员别的基本功不练，追求的只是一口唱功，做功不行，武功更甭说了。京剧舞台倾斜了，表演艺术失重了，基本功不全面，表现手段必然贫乏，演出剧目一定单调，这是一个恶性循环过程。不少有识之士想改变这种状况，也有些有志之士在身体力行，但效果不明显，再加上理论界、舆论界和各种比赛的导向，这种倾向仍在发展。架子花脸、刀马花旦、做工老生都在萎缩、衰退，京剧正在令人忧虑地步河北梆子的后尘。

胡芝风传给李萍的《百花公主》是刀马花旦应工的戏，前文后武，文场子如《赠剑》《点将》载歌载舞，武场子在开打、摔跌的同时还有大段的唱、念。这是要演员真功夫的戏，那些靠"一响遮百丑"的演员当然不愿唱也唱不了，所以该剧1989年演出时才能受到各方面的重视。因为内行看到的不光是李萍这个演员如何了不得，而是通过这出戏还看到了京剧表演艺术美学原则的回归，看到它在振兴京剧中的深远意义。

剧本经过多次讨论，终于暂时定稿，改编的新版《百花公主》中，除海俊身份改变外，原来的精彩处全部保留。

大连京剧团请来了中国京剧院著名刀马花旦刘秀荣、著名小生张春孝夫妇和琴师李门到大连排戏、设计唱腔。刘秀荣、张春孝是中国戏曲学校首届毕业生，新中国培养的第一代京剧表演艺术家，他们有幸得到王瑶卿、萧长华、尚小云、金仲仁、姜妙香、叶盛兰等前辈的真传，传统东西积累得多、掌握得多。三十多年的舞台实践中，他们又接受了导演艺术家李紫贵等的指导，在运用传统程式和京剧革新方面都积累了丰富的经验。李门是杜近芳的琴师，对梅派演唱艺术非常熟悉。难得的是三位老师都喜欢李萍，对李萍的自然条件、基本功、勤学苦练的狠劲相当满意，因此，不到一个月的时间，《百花公主》就四脚落地了。

看彩排时，在场的人都挺兴奋，感觉戏确实不错，有看头，在原来《百花公主》的基础上有提高。我最欣赏百花公主的第一次上场，八个女兵一对一对地上，在上场门站好后，百花公主斜身出场，走小圆场到舞台中间亮相，一看就是大角儿的上场。《赠剑》一场，传统的好东西基本保留了（当然也删去了一些东西，有的地方是否该删尚可研究），李萍身上、脸上、眼睛里的戏都不错，处处到位，分寸准确。公主和海俊唱的【南梆子】是新编的，旋律华美，李萍唱得柔婉、含蓄（李萍以前在这方面有所欠缺），感情蕴藉其中，是梅派的风格。平涛在张春孝的精心指教下，长进十分明显，和李萍配合得挺默契，既烘托了公主，又把自己亮出去了。在北京的座谈会上，专家们在赞赏李萍的同时，对平涛也是佳评如潮。

《点将》之后的戏在原来的《百花公主》中就相当精彩，现在更精致了。刘秀荣把她当年演《穆桂英大战洪州》的趟马移过来了，用在百花公主身上恰到好处。李萍的靠功原有较好的基础，一个月里，老师又严格训练她脚底下的功夫，因此，在吉祥戏院演出时，每次趟马，喝彩声哄然，观众一点儿都不亏演员。专家对李萍打完了、摔完了还能大段地唱也予以充分肯定，那段【高拨子】编得不错，李萍唱得也不含糊，旋律的美、声音的美、感情的美统一而升华为一种境界。而这种境界和近年来武戏一味追求绝、险、冲，被讥为"武行贴片子"的表演方法，是有文野、高下之分的。《百花公主》在北京被人称为高品位的戏，是包含着许多道理的。

好多年来，管戏的、搞戏的、看戏的总是弄不到一块儿。管戏的老想向看戏的灌输这种思想、那种道理。看戏的却不愿意到剧场去接受什么思想和道理，他们要求的是赏心悦目，是好看。搞戏的两头都不想得罪，却往往两头都不讨好。许多戏的失败和新版《百花公主》的成功，又一次证明了真理在看戏的这一边，戏要好看、有东西给人欣赏（甚至是鉴赏）才有生命力。新版《百花公主》在北京听到了许多意见，改编者和大连京剧团如认真研究这些意见，不懈地加工、修改，这出戏会更好看，直到成为传世精品。

（作者系大连戏剧理论学者、戏剧评论家）

唤起我美好的记忆

——看李萍演《白蛇传》

○ 安志强

　　五年前，我看过大连京剧团李萍的《女杀四门》。大连观众有一句话："累不垮的李萍。"是讲李萍善武，多重多难的武打，在李萍身上不在话下。看了她的《女杀四门》，果然名不虚传，然而，仅仅是勇猛而已，离真正演出刘金定的神韵，还有相当大的差距。何况这出戏场子碎，改起来也难。一个青年演员，仅有勇猛而缺表演、歌唱的功底，毕竟舞台生命有限。

　　两年前，李萍进京演《百花公主》角逐"梅花奖"。这出戏是在刘秀荣、张春孝夫妇指导下排的，李萍有了名师指点，唱、做果然有了很大的改观，其实，那时候李萍就给人留下了"文武兼备"的好印象。遗憾的是，李萍仅以两票之差未能夺奖。细想起来，李萍的唱、做也还有明显的可以挑剔的地方，尤其是唱，刚健有余而柔情欠缺，但毕竟比五年前的《女杀四门》有了很大长进。夺奖落空，她会不会从此消沉下去？因为，现今的青年演员大多是比较脆弱的。

　　心存积累五年之久的悬念看今年李萍演出的《白蛇传》，我是带着挑剔的眼光看戏的，不仅是同李萍的过去比，还要同刘秀荣的《白蛇传》比。同刘秀荣相比，对李萍来说，显然是苛求，但经过这一比较，至少没有令人失望，因为李萍的《白蛇传》唤起了我美好的记忆。

　　《游湖》一场就有品位，李萍在行腔、表演中，不时地流露出蛇仙白素贞对人世间美好景色的惊喜艳羡之情。西湖借伞时，白素贞、许仙含情注目相望，这不是一般人间男女之情的沟通，而是一种仙人合一、难以言传的交融。《结亲》一场，白素贞拉青儿含羞耳语，托青儿向许仙提亲，青儿故意推托，白素贞一声"拜托"，抿嘴一笑，回身下场，娇羞之态可掬。《盗草》一场的【高拨子垛板】别有韵致。京剧的【高拨子】多表现悲壮激昂之情，此段【垛板】却另辟蹊径："素贞低头苦哀告，尊声仙官听我言：'素贞本是扫叶女，曾炼仙家九转丹。只为思凡把峨眉下，与许仙匹配在江南。我夫不幸染重病，特采灵芝到仙山。'"前七句行腔在中音区回旋，几度重复演唱下行的旋律，末一句翻高甩腔，传递出恳切而又凄厉的哀求之情。行腔的别致使人耳目一新，更关键的是，这种哀告的神情表演比之白娘子一见到鹤、鹿二童便剑拔弩张要高明一筹。晓之以理，动之以情，说不通再刀兵相见，情节有起伏，同时更能体现白娘子为救许仙的用心良苦。《盗草》并没有繁难的武打动作，点到为止，因为这场戏的设计主要是通过白娘子的盗草引起的纠纷，表现白娘子对许仙的深情。李萍做到了。《水斗》是显示演员武功的重点场子，李萍的开打，稳、准、快、脆，线路清晰，并富有爆发力，节奏感强，所以让人看着过瘾，但见好就收，不是那种凡遇开打，恨不得把十八般武艺全部用上的做法。五年前李萍的《女杀四门》就是这种做法。看来，李萍得益于名师刘秀荣的点拨，艺术有了分量。李萍在《断桥》一场的演唱发挥得淋漓尽致。"小青儿你且慢举龙泉宝剑"一段唱完全宗刘秀荣的路子，不是先念白（念"青儿慢举"四字）后转唱，而是全句唱【南梆子导板】，接【梆子穗】，转成【原板】，实际上是把【南梆子原板】同【西皮二六】糅在一起唱，显得自然酣畅，白娘子满腹的怨、恨、爱、怜等种种复杂心态表现得十分充分。

李萍演出的《白蛇传》同刘秀荣演出的原貌相比，场次有所删减，如《盗草》去掉了南极仙翁因感白娘子一片痴心而把灵芝送与白娘子的情节，改为白娘子奋力夺得仙草，这种改动想必是得到了老师的首肯。另外，末尾删去《合钵》《倒塔》两折。这些删减，可能都是考虑到现在的演出时间不宜超出两个半小时，这已成为约定俗成的习惯。不过，这样删节并不损全剧的完整，刘秀荣如果现在演《白蛇传》，怕也要动一动原20世纪50年代的演出版本。如今，她的意图通过学生来体现，这也算是一段佳话。

有人把新中国成立后的戏改成果称之为"第二传统"，细想起来，戏改工作确实成果累累，刘秀荣的艺术是京剧"第二传统"中的重要组成部分。京剧振兴的一个重要环节就是继承传统，而现在的"继承传统"同20世纪50年代"继承传统"相比，内容要扩宽许多。李萍找到了好老师，而刘秀荣老师又得到了李萍这样的好学生，这是值得祝贺的。对于李萍来讲，担子更重了，她应该很好地学习刘秀荣的《白蛇传》《战洪州》等新编剧目，还应该看到，老师的新作是在老戏底子厚的基础上创造出来的。偶然翻了翻刘秀荣写的纪念王瑶卿的文章，上面记录了王瑶卿的一个主张："对有出息的学生，都要为之广开戏路，使他能够适应各种角色。"刘秀荣就是因为这个主张，在戏校学得了青衣、花旦、闺门旦、刀马旦甚至泼辣旦等各种行当的数十出戏，有了这些戏做底子，刘秀荣才取得了丰富的创新手段，才能给人们留下美好的记忆。

李萍演出的《白蛇传》唤起了人们对20世纪50年代的美好回忆，希望她不断再现这些美好的记忆，并以自己的努力再为观众创造出新的美好记忆。当然，这需要付出十分艰巨的努力。

《白蛇传》的演出还给人以另一种美好回忆。一为曾荣获"梅花奖"的杨赤在此戏中为李萍配演法海；一为饰演鹤童、鹿童的演员以及众水族杂行在演出中都十分投入，舞蹈整齐划一，演唱满宫满调。这一切，都为《白蛇传》的整体演出增添了绚丽的色彩。旧戏班提倡"一棵菜"的演出精神，这种精神在新中国成立后更得到了完美的体现，可惜这种精神在现在的京剧团体里日渐消逝。大连京剧团重现了这种完整的艺术美，令人振奋。"第二传统"不仅指艺术的传承，集体的创造意识、演员的敬业精神也应视为"第二传统"的重要组成部分。

（作者系《中国戏剧》副主编）

落幕千人赞　梅开万里香

——"梅花奖"获得者李萍的京剧艺术道路管窥

○　王宗绍

　　从艺于百家，成名于"百花"，集文武于一身，折"梅花"于京华。二十多年舞台生涯的风风雨雨、问鼎"梅花奖"的坎坷，使李萍的京剧表演艺术日臻成熟。从1986年以来，李萍先后获得辽宁省中青年京剧演员表演赛优秀奖、全国青年京剧演员电视大赛荧屏奖、首届辽宁戏剧"玫瑰奖"、第二届中国艺术节"大连之夏"一等奖，前不久又以总分第二名的成绩摘取了第十二届中国戏剧"梅花奖"。在大连的京剧演员中，继杨赤之后，李萍再度在中国京剧舞台上发出了炫目的光彩。李萍不仅融会了诸多名旦的艺术精华，集文武于一身，而且塑造了一系列光彩照人的舞台艺术形象。她领衔主演的全本《百花公主》在中国京剧舞台上占有一席独特的地位。

文汇群芳艺，武追须眉功

李萍的京剧表演艺术成就首先表现在其全面的基本功上。过去一些出名的老艺人常常是能唱文戏的不能演武戏，能演武戏的又不能唱文戏。而李萍却是唱、念、做、打样样俱佳。她的戏路相当宽，先后演过青衣戏《玉堂春》《金水桥》，花旦戏《柜中缘》《红娘》，刀马旦戏《扈家庄》《女杀四门》，武旦戏《八仙过海》《武松打店》等等。"武戏靠练，文戏靠点。"李萍的武功是凭着"冬练三九，夏练三伏"的"累不垮"的劲头练成的，李萍的文戏则得到了当今戏剧界诸多名旦的真传。

1971年，李萍考入大连艺术学校京剧班，先后从艺于闻占萍、杨秋雯、杨梅访、魏莲芳、毕谷云、张正芳、张蓉华、胡芝风、关肃霜、刘秀荣等十几位名旦。闻占萍是李萍的艺术启蒙老师，被称为是有"屠夫手段、菩萨心肠"的老师，她在李萍的艺术成长道路上起到了奠基作用，先后口传身授了《梁红玉》《白蛇传》等戏。之后，杨秋雯、杨梅访、魏莲芳、毕谷云、张正芳、张蓉华、胡芝风等也先后向李萍传授了《吕布与貂蝉》《贵妃醉酒》《挂画》《百花公主》等戏。20世纪90年代，李萍又拜关肃霜、刘秀荣为师，先后学习了《铁弓缘》《百花公主》《白蛇传》等戏。这些名家文戏细腻、武戏豪放的艺术风格在李萍身上打下了深深的印记，再加上李萍自身的潜心揣摩、融会贯通，使她在艺术上达到了很高的造诣。

李萍有副二十多年从未哑过的"金嗓子"。她的唱、念细腻流畅，抒情准确。1990年在香港演出的《女杀四门》中，她扮演刘金定，这是一个刀马旦角色。当时香港人认为她是演武戏的，肯定没嗓子，但是没想到李萍唱的一段经过闻占萍老师重新设计的【西皮慢板】字正腔圆，连获三次喝彩。京剧评论家江上舟先生对李萍说："这些年到香港来的武旦、刀马旦大多没嗓子，文戏不行。没想到李萍有这么好的嗓子，能唱文戏，演《女杀四门》这类戏，能凭唱功让观众叫好。真是太不容易了。"李萍的唱功不仅表现在她不打不摔时唱得好，也表现在打完摔罢照样能唱得神完气足。在《百花公主》这出戏中，她又是打又是摔地刚折腾完，立刻就能气定神闲地唱出一段【反二黄】，并且奔下个满堂好来。沈阳前辈旦角艺术家秦友梅看到这里，惊讶地赞叹道："到这时候，她还能唱上这么一大段，真不容易！"

李萍不仅唱功好，做功也极佳。江上舟先生对此也给予了极高评价："我不只是看到你翻得打得多么冲、多么棒，还注意到你不翻不打的时候的表演，这方面是好的。你们大连有好老师，有高人。"这话真是一语中的。多年来，李萍一直不间断地到杨秋雯老师家中上课。杨老师身段之美是公认的，她对李萍从手、眼、身、法、步各方面给予指导，纠正了李萍原有的一些毛病，使她逐步形成大家风范。

李萍最突出的还要数她的武功。从十二三岁在艺校起，李萍就练就了一身扎实的童子功。她每天早晨六点起床上早课，耗腿、踢腿、下腰、劈叉、拿大顶、跑圆场……一遍功练下来，已是大汗淋漓。早饭之后，又是前桥小翻、蹳子小翻、云里加官，每个动作一做就是好几十次。六年的艺校生活，为她打下了坚实的武功基础。走上舞台以后，胡芝风、刘秀荣等老艺术家又把她们身上独到的武功本领传授给了李萍。胡芝风是个极有创造精神的艺人。她改造的《百花公主》，武戏部分搬进了《挑滑车》《战冀州》等大武生的东西。这对于一般刀马旦演员来说是承受不了的，而李萍却凭着自己扎实的武功底子全部消化吸收。她扮演的百花公主扎大靠、耍清场花、搬朝天镫三百六十度、转僵尸、勒马、摔叉……令人瞠目。更让人称道的是李萍与杨赤联袂出演的《火烧余洪》一出戏。剧情规定李萍扮演的武艺高强的女英雄刘金定要大败勇武的猛将余洪。扮演余洪的杨赤是得过"梅兰芳金奖"的角儿，武功也相当棒，他扮演余洪自然也要亮出点儿真功夫。杨赤扎着大靠翻上去了，李萍翻不翻？杨赤从两张桌子上翻下来了，李萍下不下？不翻不下，还谈什么"大败余洪"？要翻要下，就得有点儿大败余洪的真功夫。李萍没含糊，不仅翻了下了，而且在杀四门中，每杀到一处城门都有不同的"耍下场"功夫，她手中的兵刃挥舞自如，串腕、撇挑准确轻松，一连串的鹞子翻身凝练稳健，把刘金定这一勇冠三军的巾帼英雄表现得活灵活现。

应该承认，李萍的文戏融会了诸多名旦的艺术精华，武戏又展示了她巾帼不让须眉的真功夫。用李萍自己的话说是："我这盏灯熬的是几代人的心血！"

金喉唱国色，银枪武芳魂

李萍会唱却不为唱而唱，她擅打又绝不哗众取宠。李萍苦练基本功的目的，在于调动唱、念、做、打众多的艺术表现手段，塑造一系列光彩照人的舞台艺术形象。

从20世纪70年代排第一部古装戏《雏凤凌空》开始，李萍至今已经演出了近三十个剧目，塑造了许许多多令人难忘的舞台艺术形象。这其中有《雏凤凌空》中不畏强暴、智勇克敌的杨排风，《虹桥赠珠》中忠于爱情、敢于反抗的凌波仙子，《梁红玉》中击鼓退敌的巾帼英雄梁红玉，《扈家庄》中勇敢泼辣的扈三娘，《芙蓉花仙》中天真无邪的芙蓉花仙，《白蛇传》中忠于爱情、为爱情万死不辞的白素贞，《女杀四门》中勇冠三军的女英雄刘金定，《百花公主》中忠于爱情、英勇壮烈牺牲的百花公主……这其中具有较高艺术价值的是白素贞和百花公主两个艺术形象。

在《百花公主》中，李萍使出了她演文戏、武戏的所有看家本事，明眼人一看便知，李萍不是在卖弄技术，而是在塑造人物。在文戏《赠剑》一场中，李萍的载歌载舞与百花公主的情意绵绵融为一体，通过一招一式、一字一腔细致入微、层次鲜明地揭示出公主邂逅海俊之后的惊、怒、爱、恋等诸多情感的变化与发展。《点将》一场，百花公主被眼前的忠与奸、内心的情与理所困扰，这困扰生动地表现在李萍眉眼之间的复杂变化，突出地表现在李萍掏翎子、抖靠旗那"情动于中而形于外"的准确的

"心劲"上。一段【南梆子】含情脉脉，一段【高拨子】激情迸发，抑扬顿挫之处、闪滑转挑之时，总是传递着或喜悦、或悲伤、或愤恨、或爱怜等特定的有分寸感的思想情绪。在武戏的大开打中，李萍不仅使用了一般刀马旦常用的表现技术，而且还移植了《挑滑车》《战冀州》中一些大武生的东西。摔僵尸原是《战冀州》中马超见妻儿被杀，昏倒在地时使用的一种表现人物内心世界的武功技术，移植到《百花公主》中，恰当地表现了百花公主听到父王被害惊悲万分、晕厥倒地的悲壮形象。摔叉、勒马原是表现《挑滑车》中高宠在战场上连挑数辆滑车后因战马力尽跌倒时的一种武功技术，移植到《百花公主》中也同样恰当地表现了百花公主战马力尽跌卧时的壮烈场面。在这里，摔僵尸、摔叉、勒马等高难度的动作不再是孤立的杂技性表演，不再是单纯追求绝、险、冲的"武行贴片子"式表演，而是为了塑造百花公主人物形象的充分运用。

在《白蛇传》中，李萍在表演上采用的是以极度的激情和高度的冷静相结合的方法去塑造人物。以极度的激情去表现白素贞丰富的情感状态，用高度的冷静来控制身体、声音、气息，二者完美结合，成功地塑造了白素贞忠于爱情、为爱情万死不辞的光辉形象。在《游湖》中，白素贞邂逅许仙一见钟情，她以伞为媒介，与许仙相约来取伞，然后与小青急步下场。待走到下场门处，白素贞突然一个停顿，然后满含深情而又不失稳重地回眸，恰当地表现了矜持、含蓄及内心的炽烈、多情。《断桥》中，白素贞向许仙说明以往，唱出"妻原是峨眉山一蛇仙"时，李萍既不像关肃霜那样"散唱"，也没有用常见的"高唱"，而是一出即止。在"蛇仙"二字出口后，她睁大双眼，紧紧盯视许仙，这目光中有担心，有企盼。说明真相后，她不知许仙会如何反应，她害怕许仙会因人蛇异类而遗弃自己，她希望许仙不计一切与她重续鸳盟。在武戏《盗草》中干净利落的对剑、翻身和《水斗》时的"足踢十杆枪"等等，都不是可有可无的杂耍，而是为塑造白素贞为爱情万死不辞的人物形象服务的。

正如"梅花奖"评委曲六乙老先生评价李萍演的《白蛇传》时所说的："我认为这是演得最好的《白蛇传》之一……她能够将武打、唱腔和表情融合起来为塑造人物服务，这往往是艺术家与一般演员的重要差别，李萍在这一点上表现非常突出。""梅花奖"评委李超对李萍也给予了极高的评价："她不仅把武旦的功夫基础、技巧亮了出来，而且也很好地刻画了人物。演员不是在玩技巧，我们在李萍身上看出了人物的内心，她高明也就高明在这里。"

大器托全剧，推陈献"百花"

李萍的艺术成就，不仅仅表现在她扎实而全面的基本功和成功地塑造人物上，而且表现在她对京剧全本戏的大气把握和宏观驾驭上。

《百花公主》最早是明朝的传奇戏曲剧本《百花记》。《百花记》被搬上京剧舞台后，只有《赠剑》《点将》两折流行。新中国成立前，程砚秋、李世芳、宋德珠改编、演出过全剧，但却并不怎么成功，所以全本戏没被保留下来。新中国成立后，舞台上只有《赠剑》，连《点将》也见不到了。

《百花公主》全本戏难以保留下来有两个原因。一是改编前的剧中人物海俊，他和百花公主恋爱是假，而到安西国搞颠覆是真。在这里，爱情成了政治和军事斗争的一种手段，这使观众在审美心理上产生扭曲感，因而不受观众欢迎。另一个原因是该剧前文后武，演出难度高，与许多演员基本功不全面的现实形成了矛盾。在全国中青年京剧演员大赛中，四个入选的花脸，三个包拯站着唱，就是一个明显的例证。

现在由李萍领衔主演的《百花公主》是经过集体改编的。剧中的海俊不再违背观众的审美感受了。作为一名青年演员，李萍能够驾驭这样一部前辈名艺人都难以演好的全本戏，其能力是不容忽视的。她在进京演出期间，得到了专家和观众的高度赞赏。"梅花奖"评委李超指出："我认为李萍本人有相当的优势。一个优势是爹妈给的，李萍身材好、扮相好、品质好。一个优势是李萍人很老实，很规矩，很认真。还有一个优势是她对京剧很着迷，爱戏如命……不管现在有多少诱惑，有多少金钱，有多少荣誉，她都不动摇，就要干这一行。人无论受了什么委屈、议论，只有具备这样的拼劲才能够成功。……一个演员的品质很重要，它与艺术成就是同步的。""梅花奖"评委龚和德认为："这次李萍的专场我认为相当相当成功。""梅花奖"评委李庆成认为："李萍的确有大演员的味道。"据当时的新闻报道："李萍领衔的全本《百花公主》，从百花公主登场起，观众席上的掌声和欢呼声就不绝于耳。大幕合拢时，观众潮水般涌到台前，给演员们献上一束束鲜花，请演员们签名留念。远道而来的一位老军医兴奋地说：'多少年没看过这样的好戏了。'一个满头白发的老年妇女说：'演得真够劲，看得真过瘾，我这老太太的手都拍疼了……'北京幼儿园教育研究会的耿延秋是被丈夫拽着迈进剧场的，但大幕拉开后，她就被演员委婉清纯的演唱和精湛的表演所折服，第三天又千方百计搞来戏票拽着五个朋友进了剧场。文化部常务副部长高占祥闻讯后推掉了其他工作，特意赶到剧场观看了李萍的最后一场演出，并登台与演员们合影。"

许多人认为，这次进京演出之所以取得这么大的成功，除了演出质量高以外，与所演的是全本戏也有关系。以前京剧舞台上大部分演的是折子戏，使人对剧情缺少整体的了解。一些中青年演员学戏也只是一折、两折，自己也不知道全剧是怎么回事。单纯欣赏表演而不注重故事情节的永远是少数人，大多数人对折子戏看不懂也不愿意看。这次的《百花公主》在旧本的基础上加以改编和再创作，推陈出新，首尾连贯，情节完整，人物命运有始有终，既能满足内行，又能吸引外行，因而取得了成功。

中央民族学院副教授李佩文说："此戏由李萍领衔主演，'领衔'二字，李萍当之无愧，的确是万绿丛中一点红。"因此，我们应当说，李萍领衔主演全本《百花公主》，其大气把握全剧的艺术能力是不可低估的。

落幕千人赞，梅开万里香。我们期待着她能有更好的作品奉献给大赛，奉献给观众，奉献给京剧事业！

（作者系文艺评论家）

卧薪尝胆 一鸣惊人

——李萍表演艺术座谈会纪要

　　1994年6月18日，中国戏剧家协会在北京召开了"李萍表演艺术座谈会"，与会的"梅花奖"评委和国内戏剧界的专家、学者对李萍的表演艺术进行了点评。

吴乾浩（《中国京剧》主编）

　　大连京剧团的李萍最近来京演出了《百花公主》和《白蛇传》两出戏，引起相当大的轰动。无论是专家还是观众，看过后，都认为她的进步非常大，真是"士别三日当刮目相看"。李萍的老师刘秀荣、张春孝全身心地教授她，他们功不可没。刘秀荣看过演出后，激动得热泪盈眶，似乎看到了她的艺术生命在李萍身上得到延续。

　　这次专门召开李萍表演艺术座谈会，就是要对她的艺术做一下总结。因为李萍现象带有普遍性，李萍还很年轻，已经取得了一定成就，将来怎样发展，取得更大的进步，这对目前如何多快好省地推出优秀演员，如何培养出新时代的艺术家有很重大的意义。

曲六乙（中国戏剧家协会研究室原主任、戏剧评论家）

我可以算是个大连人，对大连京剧团感到很亲切，对杨赤、李萍有偏爱，但不偏向。

最近看了李萍同志的两场演出，内心激起了很强烈的对京剧的冲动。秀荣是王瑶卿的大弟子，她非常成功地继承了王派艺术，后来又得到田汉、李紫贵这样深懂民族文化传统又受到现代文化熏陶的大家的指导，成为全能的京剧旦角演员。这些年，我知道她没有找到能够全面继承她艺术的弟子，但是昨天我看完了李萍同志的两出戏，我觉得秀荣的艺术在李萍身上是大放光彩。秀荣帮李萍把戏抠得真像她年轻时候的样子，同时李萍还有自己的特色。李萍学到了秀荣的创作方法，就是用深刻全面的传统技法去塑造人物，这也是李紫贵老先生的创作方法，相信李萍一定会取得成功。

李萍在艺术上一步一步地提高我是亲眼看到的。我认为，她的发展有三个阶段。第一个阶段是在辽宁的多次获奖。此时她最好的戏是作为武旦主演的《女杀四门》，1989年在潍坊风筝节京剧名家邀请赛上获得最佳表演奖。第二个阶段，是以表演《百花公主》为代表的时期。她带着这个戏角逐"梅花奖"未果，对她打击很大，她也沉默了很长一段时间。有很多专家感觉她演得实在太好了，纷纷给她写信，鼓励她不要气馁，要更加刻苦努力。她收到信后，大哭一场，从此开始发愤图强。

第三个阶段，应该从刘秀荣、张春孝夫妇开始为她授戏开始算起。这时她排演了《白蛇传》和修改后的《百花公主》。虽然《百花公主》在本子修改上有不尽如人意之处，但这出戏的演出却使我们看到了李萍明显的进步。过去武旦表演中注重打，不太注重唱和表情。而李萍的表演不但武打精彩，而且在激烈的武打之后，唱得仍然非常好。她能够将武打、唱腔和表情融合起来，为塑造人物服务。成功利用这些手段为塑造人物服务，往往是艺术家与一般演员的重要差别，李萍在这一点上表现得非常突出。值得一提的是，李萍在这出戏中武打比过去少了一些。梅兰芳曾说过，演员要经过"少—多—少"这样一个过程。李萍就已经历了这样一个过程，达到了第二个少。我还有一个感受，就是她不仅嗓子好，唱得也更加圆熟了。

她演的《白蛇传》，也令我十分振奋，我认为是演得最好的《白蛇传》之一，深得刘秀荣的精髓。

李萍不仅狠、灵，还很巧，嗓子音域宽，道白也有韵味，掌握了巧劲。看来还是逆境出人才。上次没评上"梅花奖"是个压力，她就像越王卧薪尝胆，从逆境中求改变、求发展。30多岁，体力、精气神都是最好状态，对人物的理解也更深刻，李萍很有发展前途，就她的条件来说在同龄人中是个佼佼者，现在就看她如何走今后的路了。

李紫贵（中国戏曲学院教授、著名戏曲导演）

李萍同志成长中几个阶段的戏我都看过。在大连演《女杀四门》是以刀马旦的面貌出现的，所不同的是嗓子亮，条件不错。

嗓子和形体素质是演员必备的条件，她都具备了。可只是条件好，离好演员还有距离。后来就是刘秀荣、张春孝帮她改《百花公主》，再演这出戏时就提高了一大截。不只是刀马旦了，有了真正的表演，唱腔上也进了一大步，学会了控制与运用。很多前辈对此也有很深的印象。通过这出戏李萍开始迈上塑造人物的新台阶。可惜没获得"梅花奖"。这次来，又是个飞跃，能调动唱、念、做、打各种艺术手段来塑造人物形象。刚才说她已经上了新台阶，这次是已经进了门，尤其是唱的方面，能以唱抒情，以唱刻画人物，以唱感染观众，这很不容易，可见李萍下了很大的功夫。刘秀荣也下了很大的功夫，把从王瑶卿那里学来的都传授给了李萍。学生要有名师指点，学生也要有领悟力，这是相互的。李萍能够体会老师的意图并通过自己的表演表现出来。在这出戏中，李萍虽然有武旦的优势，但她武打用得不多，没有因为自己会这个就大用特用。这次表演也不错，但我还是希望她再提高。过去的艺术家，无不唱、念、做、打样样拿得起，我们也希望今天的艺术家唱、念、做、打都好，不全面掌握这些技巧就无法表现人物的深度，不能光有一个绝招就行了，这不是艺术家。现在李萍开始往艺术家这方面走，不能光守着一个绝招。刘秀荣、张春孝引的路很好，再要发展还应提高文化和艺术修养。梅兰芳等老一代艺术家都是非常注意艺术修养和文化水平的提高的。我希望李萍不要满足于现在的成绩，要进一步提高，成为艺术家。

　　昨天李萍的演出基本上把秀荣的东西接过来了，还不够。我觉得李萍还得向秀荣多学点儿戏，像大青衣、闺门旦等，演员的表现手段不怕多，拿来之后就是创作的本钱，还要学秀荣人物塑造和技术结合的表演方法，这是舞台上最重要的一点。除了文戏外，还要认认真真地学几出昆曲。梅先生学过昆曲八十几出，身上才美。京剧拿昆曲打底子是个好传统。

龚和德（中国艺术研究院戏曲研究所研究员）

我特别满意《白蛇传》。20世纪50年代我就看过刘秀荣的《白蛇传》，昨天在李萍身上看到她艺术生命的延续。李萍唱、念、做、打非常全面，相当到位。没想到李萍在唱功上还长了那么一大块，而且这个戏的节奏非常舒展而紧凑，该放的放，该收的收，非常好。

王育生（《剧本》副主编）

看了李萍的两出戏之后，我的第一感受是她可以成为大家。她上次来北京演出的剧目并非无可挑剔，时隔一年半，能在艺术展现上提高这么快，这个演员的素质和潜力确实得到了充分发挥。《百花公主》基本的问题还在于本子，但对李萍的表演我已经感到非常满意了。演员的气度，《赠剑》那一场的表演，比过去干净多了。昨天看《白蛇传》，我自始至终有如沐春风的感觉，李萍的表演，演员之间的每一个交流、每一个细节都在人物之中。

郦子柏（中央戏剧学院教授）

李萍同志文武兼备，唱、念、做、打俱佳，是一个全才的旦角演员。我爱人搞声乐,她认为李萍的发声方法接近于美声唱法,嗓子的条件非常好,音质非常美,音量的大小控制得很好,气息的运用非常自如,无论大段唱腔还是【垛板】【快板】【慢板】都能运用自如,这是很难得的。武功也相当精彩。尤其是塑造人物方面,她塑造了一个既善良又豁达的女性,从技巧到艺术都是很完整的。

刘秀荣(中国京剧院著名演员)

昨天,看完了李萍的戏,我很激动,有说不出来的多种多样的心情,有喜有酸。想到当年我排这个戏时,李紫贵老师、刘乃崇老师还有我的老恩师王瑶卿先生给我多方面的教导和帮助,终于把田汉先生的原著这么完整地排演出来,令白素贞的形象成为珍品,所以我非常喜欢这个戏。白素贞我演了四十年,对她我很有感情,昨天看到李萍能把这个戏接下来,达到我所要求的水平,特别欣慰。我们这一代人在艺术上有所发展,都仰仗于老一辈艺术家对我们的教育和培养,我现在愿意把我的这些心得传授给李萍,李萍的艺术素质够,最可贵的是人很好,很朴实,尊敬师长。

安志强(《中国戏剧》副主编)

昨天看了李萍的演出,唤起了我对秀荣、春孝演出《白蛇传》的美好回忆。您二位的演出是经典,李萍能体现出您二位的精华。《游湖》第一场给人以仙气与人气交流的感觉。《盗草》东西不多,但很丰富,尤其是那个【高拨子】,这是秀荣独到的地方，表现祈求鹿童时诚挚、凄凉的心情，非常贴切。武功放在《水漫金山》，火爆炽烈，玩意儿精。最后再来大段抒情的唱，李萍很好地展现出来，我很感动。

关于团风我也谈谈，不只是鹿童、许仙、青蛇、法海，就是全堂人马，那水旗、那合唱的后台子都很棒，最后观众给全台一个好，就是因为现在的京剧舞台上见不着这么认真的演出了。

李萍找到了很好的老师，还应该学学《战洪州》《得意缘》，李萍的潜力很大，可以自成一家。希望能看到李萍更大的进步。

颂扬（中国煤矿文工团国家一级编剧）

五台戏中，我选了《白蛇传》，我猜想这《白蛇传》可能出点儿新意。京剧不是不景气吗？大连京剧团或许能从情节这方面出点儿新意？但进了剧场后，我肃然起敬，大连京剧团是规规矩矩演出了一场令人振奋的好戏。这出戏好就好在演人物，适合了现代观众的审美心理。李萍眼睛里有戏，比如说喝雄黄酒那段，甩水袖动作漂亮极了，非常符合人物当时的心情，与情节紧紧扣在一起，而且有很大的跌宕。比如说《盗草》中大段的【垛板】，字正腔圆。由于演员是从人物出发，所以吸引了观众。京剧不是没有观众，而是看你怎么去演，不能演成许仙大战法海，还是必须在传统的基础上有所发展。

刘乃崇（《中国戏剧》编辑部原主任、戏剧评论家）

这是我家乡的团，杨赤、李萍我都很熟悉，大连团是一个具有大剧院风格的团，这次大放异彩，大出风头。

李萍去年角逐"梅花奖"未果，有很多偶然因素，我曾给她写了一封信，说在我心目中、在很多观众心中你已经是"梅花奖"演员了。经过这一年半，李萍确实有很大进步。《白蛇传》，李萍的演出有诗情画意，很注重情趣，达到了精品水准，不是优秀的演员演不出这样的戏来。《百花公主》最大的特点是能使演员的表演才能充分发挥出来，从这个意义上讲它是个好剧本，当然结尾有点儿草率。

另外再谈一点，哪里有好领导哪里就有好戏，就有好演员。大连市委、市文化局抓得很紧，大连艺术学校培养出了一批好演员。

涂沛（中国艺术研究院戏曲研究所副研究员）

我觉得《白蛇传》在大连复排是一件功德无量的事。《白蛇传》经过半个世纪的考验，田汉老先生、李紫贵老先生及两位主演这样新人与艺术家的结合，促进了南派京剧和北派京剧的交流，是戏改成功的范例。李萍给我的感觉就是恍见秀荣当年，李萍的"梅花奖"该得。刚才很多"梅花奖"评委提到配角也演得很棒，是不是也应该设配角奖？这样才能调动更多的演员为振兴京剧做贡献。

章诒和（中国艺术研究院戏曲研究所研究员）

第一点，在所有的剧人剧团剧作都面向市场、戏剧演出更具商业色彩的今天，杨赤、李萍的戏终于使我看到了属于戏剧的东西、属于文化的东西，这是应该高度评价的。

　　第二点，李萍的表演从理论上进行分析的话，我觉得是找到了美学上的支点。《百花公主》恢复了它情感表演的美的本质，形象立足于美的支点上，这是它最大的成就。不要场场戏都深刻，因为形式也是一种意识形态。

　　第三点，我觉得李萍这个演员是具有艺术家素质的很好的演员，她能把全面的技巧和丰富的感情结合起来，能把充满激情的表演和带有技术性高度的冷静控制结合起来，这是她巨大的潜力。我祝贺这个演员成功，祝贺剧团成功。

　　　　（本文载自《中国京剧》1994年第五期、《大连艺术》1994年第三期）

春华秋实

我也深知从事京剧艺术的艰难，但是我从
未动摇过。京剧是我自己的选择，我爱京
剧，我的人生已经无法和京剧分开，只要
京剧艺术需要，我会义无反顾地向前，迈
向新的艺术高峰。

多彩

○ 李 萍

　　1977年，我从大连艺术学校毕业以后，除了继续向闻占萍、杨秋雯老师学戏之外，还先后得到了魏莲芳、张正芳、张蓉华、毕谷云、杨梅访、李金鸿、胡芝风、李慧芳等京剧名家的教诲，再加上我正式拜师的关肃霜、刘秀荣，共十几位老师悉心指点教授我京剧，我真的很幸运。在老师们的言传身教下，三十多年来，我系统学习了京剧方面的发展史、行当、流派、唱腔、表演等知识和技能。我对祖国拥有如此辉煌的传统民族艺术惊叹不已，对自己选择从事京剧表演艺术专业深感自豪。我深知，中国是世界闻名的戏剧大国，世界上没有任何一个国家拥有三百多个剧种，更没有任何一个国家拥有三千多个剧团。京剧是我国流行最广、影响最大的剧种，它以历史故事为主要演出内容，传统剧目有一千三百多个，常演的剧目在三百个以上。京剧代表着灿烂的中国历史文化，因而在十三亿中国人以及全球各地华人中间拥有着广泛的群众基础，它传递着祖国浓浓的乡土人情。2010年11

月，总部位于巴黎的联合国教科文组织正式将京剧列入世界人类非物质文化遗产代表作名录。

京剧的起源可以追溯到1790年，适逢清高宗乾隆皇帝的八旬万寿节，京城的舞台热闹非凡。安徽的三庆班进京贺寿演出，此后四喜班、和春班、春台班相继进京，获得空前成功，史称"徽班进京"。徽班常与来自湖北的汉调艺人合作演出，于是出现了徽、汉两调合流。经过数十年的演变和发展，徽、汉两个剧种在北京融合，一个兼收昆曲、秦腔等精华的新剧种诞生了——是为京剧。它吸收一些地方民间曲调之所长，又富有北京地方特色，结合了北京当地语音和风俗习惯，当时称之为"皮黄""京调"，也有人称之为"京戏"。由此可见，京剧是以北京而得名。据记载，1876年（清光绪二年），"京剧"这个名称已正式出现在《申报》上。1930年，北京改为北平，京剧就改叫"平剧"。因为它是代表着国家的剧种，所以也叫"国剧"。1949年中华人民共和国成立后，北平改为北京，平剧随之改为"京剧"。

京剧是一门综合性的舞台表演艺术，有比较严格的行当划分。在早期，京剧的行当分为生、旦、净、末、丑。后来，末行并入生行的老生行。所谓"行当"，就是角色的分类，主要是根据剧中人物的性别、年龄、身份、地位、性格、气质等划分。旦行是女性角色的总称，细分为青衣、花旦、花衫、刀马旦、武旦、老旦等。

在京剧发展历史过程中，京剧艺术大师王瑶卿先生为了丰富旦角的表演艺术，对旦角的表演、唱腔、服饰乃至剧本进行了再创造，他把青衣、花旦、刀马旦的演唱和技艺融为一体，开创了"花衫"这一新的行当，使旦角演员唱、念、做、打四功兼备，为京剧旦角的表演艺术开辟了广阔的道路。"四大名旦"梅兰芳、程砚秋、尚小云、荀慧生皆出自王氏之门。1952年，在戏剧大师田汉先生的建议下，王瑶卿收下最小的爱徒——当年只有17岁的刘秀荣。刘秀荣欣喜不已，刻苦用功，虚心求教，谦虚为人，学习了多出王瑶卿大师的代表作，成为全能的京剧旦角大家、王派艺术的真正传人。

京剧艺术是角儿的艺术，即是一种以演员表演为中心的舞台艺术。在《白蛇传》里，白素贞就是最重的角儿。在京剧大师王瑶卿先生、大导演李紫贵先生等的教导和帮助下，刘秀荣老师把田汉先生的原著《白蛇传》完整地排演出来，并演了四十年，使白素贞这一人物形象成为艺术经典和珍品。我个人的体会是，《白蛇传》的确是一出技术难度很高的戏，对旦角的要求特别高。这出戏的特点是：不仅有大量的唱腔、念白、表演，同时还要求演员具有十分扎实的武功功底。在给我排演《白蛇传》的时候，为完美塑造白素贞这一角色，刘秀荣老师一招一式地给我示范，要求我在演出中不能只注重武打而忽略了唱腔和表情。她叮嘱我一定要将武打、唱腔和表情融合起来，为塑造人物服务，要把白娘子塑造成一个执着于爱情、温柔美好、刚柔并济的形象。比如《游湖借伞》时，白素贞邂逅许仙，心生爱慕，以借伞为媒介，与许仙相约次日往访。通过白素贞与许仙的几段【西皮垛板】对唱，道出她一腔柔情似水的情愫。白素贞唱完"莫教我望穿秋水、想断柔肠"后，与小青急步下场，待走到下场门处，蓦地一个停顿，一个十分简短的停顿，然后侧脸回眸，一个半侧脸满含深情而又不失稳重的回眸，恰如其分地表现了她的矜持、含蓄及内心的炽烈、多情。再比如，《水漫金山》这一折要把白娘子塑造成一个有情有义、敢恨敢爱的美好女性，作品通过只有武旦演员才能完成的出手戏，即踢十杆枪，形成了全剧的高潮，使白娘子的艺术形象光彩照人。另外，在我的同学杨赤担纲的几出戏中，我还出演了《九江口》中的北汉公主、《西门豹》中的陶玉、《风雨杏黄旗》中的方银花等等。对主角、配角，我同样看重，信奉梨园行里"一棵菜"的理念，凡事全力以赴。我坚定不移地相信，只有小演员，没有小角色。

回望京剧不断发展和创新的历史长河，著名京剧演员人才辈出，生旦净丑各个行当形成三十多个以演员姓氏命名的不同风格流派。这些流派技艺精湛而多彩，真可谓五彩缤纷、百花争艳。它们不断得到传播与传承，并深得观众的认可和欢迎。20世纪20年代是旦角艺术发展的顶峰时期，师出王（瑶卿）派的梅兰芳、程砚秋、尚小云、荀慧生相继形成各自的艺术流派，成为"四大名旦"。这是京剧艺术的宝贵财富，也是京剧有如此巨大的魅力并广受人民喜爱的重要因素之一。

京剧的唱腔以【西皮】【二黄】为主。此外，还有【西皮反调】（也称反西皮）、【二黄反调】（也称反二黄）以及【南梆子】【四平调】【吹腔】【高拨子】【南罗】等声腔。

京剧有一套以唱、念、做、打、舞以及手、眼、身、法、步为手段的综合表演程式。在前辈、老师的指导下，我在艺术上走的是一条正确的道路，在"文戏歌唱化，武戏杂技化"的倾向面前，我始终坚持对唱、念、做、打、舞以及手、眼、身、法、步全面学习的原则，继承、坚持文武兼备、均衡发展的道路。在激烈的竞争中，我努力做到别人不能演的戏我能演，别人能演的戏我能演得更好。我们刚进入艺术学校的时候，为了成为一名优秀京剧演员，每天的练功课很多，例如身训、唱腔、念白、表演、台步、武功、眼神等等。练习眼法是我们必修的一堂课。俗话说："眼睛是心灵的窗户。"对京剧演员来说，眼神的运用是非常重要的。演员一上场，观众首先看的是他的脚步，等他一亮相，看的就是他的一双眼睛。

从艺以来，我学习、演出的剧目有《百花公主》《白蛇传》《铁弓缘》《霸王别姬》《杨门女将》《女杀四门》《八仙过海》《扈家庄》《雏凤凌空》等三十余出戏，大部分是我的也是剧团的保留剧目。上述剧目中，作为领衔主演，我演出最多的是《百花公主》和《白蛇传》。这两出戏都是刘秀荣老师亲授的。《百花公主》这个戏，我演的是全本，在全国是不多见的。《白蛇传》这个戏是京剧舞台上盛演不衰的名作，国内很多剧团都在演，但是我主演的《白蛇传》被著名戏剧评论家曲六乙认为是"演得最好的《白蛇传》之一，深得刘秀荣老师的精髓"。戏剧评论家章诒和则称赞道："我看到真正属于戏剧的东西、属于文化的东西，这是应该高度评价的。"据说演全本《白蛇传》的《水漫金山》一折时，能打出手踢十杆枪的，当时只有两个人，一个是关肃霜老师，一个是我。

20世纪90年代，我还很年轻，当时京剧不大景气，演员收入偏低，我同时代的京剧演员，有的还是我自幼同堂学艺的同学，陆续离开了剧团。我深知从事京剧艺术的艰难，有些人也劝我改行，但是我从未动摇过。京剧是我自己的选择，我爱京剧，愿意无怨无悔为京剧奉献一生。在中国大陆、香港、澳门和台湾，在欧洲，在日本，在巴西，我亲身感受到全球中华儿女对京剧的挚爱，感受到京剧对世界各地不同文化背景的观众有如此巨大的感染力和影响力，这正是我克服一切困难、超越自己的真正动力。我每次出国演出都是领衔主演，演出任务非常繁重，但是为了祖国的荣誉，为了弘扬中华传统文化，我从来不计较报酬，不怕劳累困苦，为的就是要让中国的京剧享誉海内外。

我的人生已经无法和京剧分开，只要京剧艺术需要，我会义无反顾地向前，迈向新的艺术高峰。

因为有这种追求，所以我在1992年竞争中国戏剧"梅花奖"以两票之差受挫后，能够迅速调整心态，从头开始，继续苦学、苦练。1994年，我冒着酷暑再闯北京，在剧团全体同事的齐心配合下，演出全本《百花公主》和全本《白蛇传》，轰动北京剧坛，终于以总分第二名的成绩摘取了中国戏剧表演艺术最高奖——中国戏剧"梅花奖"。

如果说我在漫长的艺术成长道路上取得了一些成绩的话，离不开大连良好的文化环境和氛围，我出生、成长于这片沃土，是这片神奇的土地养育了我，滋润了我；离不开大连市历任领导对文化事业的重视和支持，以及文化主管部门和剧团对我的长期培养；离不开老师们的辛勤耕耘，更离不开剧团同事们的默契配合，没有他们的鼎力相助，我也不可能有今天的成绩。

自1982年以来，我先后获得了国家、省、市许多奖项，这些奖虽然是颁给我李萍的，但是每份获奖的证书上都写有"大连京剧团"的字样。我深深知道，李萍是和京剧，和大连，和大连京剧团连在一起的，是无法分开的。李萍永远是大连的女儿，李萍永远是京剧的女儿。

作品展示

现代京剧《渡口》中饰演水莲

《雏凤凌空》中饰演杨排风

《扈家庄》中饰演扈三娘

《挡马》中饰演杨八姐

《八仙过海》中饰演金鱼仙子

《吕布与貂蝉》中饰演貂蝉

《女杀四门》中饰演刘金定

《铁弓缘·行路》中饰演陈秀英

《百花公主》中饰演百花公主

《白蛇传》中饰演白素贞

《敫桂英》中饰演敫桂英

《秋江》中饰演陈妙常

《霸王别姬》中饰演虞姬

《杨门女将》中饰演穆桂英

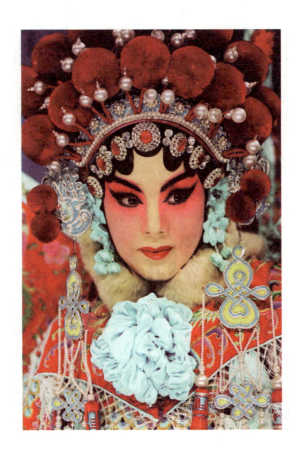

《红鬃烈马》中饰演代战公主

《武家坡》中饰演王宝钏

《贵妃醉酒》中饰演杨玉环

《四郎探母》中饰演铁镜公主

《风雨杏黄旗》中饰演方银花

现代京剧《智取威虎山》中饰演小常宝

现代京剧《沙家浜》中饰演阿庆嫂

现代京剧《赵一曼》中饰演赵一曼

数字电影《白蛇传》中饰演白素贞

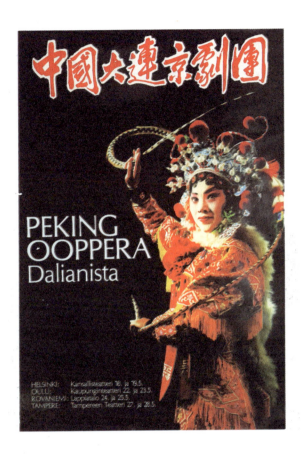

赴芬兰巡回演出《扈家庄》 1982年

赴法国巡回演出《扈家庄》 1989年

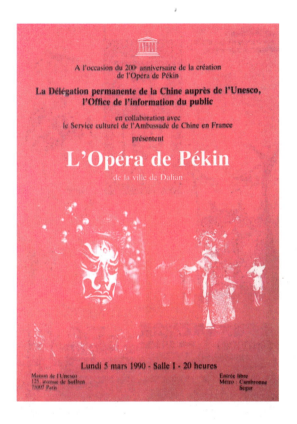

赴法国参加了中国常驻联合国教科文
组织代表团举办的"纪念徽班进京二百周
年"京剧专场晚会演出《扈家庄》 1990年

赴日本巡回演出《秋江》 1996年

赴日本演出《百花公主》 1996年

赴中国台湾演出　1997年

赴日本东京演出《霸王别姬》 1999年

赴日本巡回演出《霸王别姬》 2001年

赴法国巡回演出《白蛇传》 2007年年底

艺术年表

1977年　12月，毕业于大连艺术学校京剧表演艺术专业，进入大连艺术学校实验京剧团，剧团归大连艺术学校管理。

1982年　5月15日至7月15日，赴芬兰、挪威、瑞典、葡萄牙访问演出，主演《扈家庄》。

1983年　6月，由于在1982年艺术工作中成绩显著，获大连市人民政府表彰并颁发证书。

1984年　大连艺术学校实验京剧团全团转入大连京剧团。

1985年　3月，荣获1984年度大连市"三八红旗手"称号。

　　　　10月，在第二届大连艺术节中荣获个人表演一等奖。

1986年　1月，荣获辽宁省1986年中青年京、评剧演员比赛优秀表演奖。

　　　　4月，荣获大连市1985年度劳动模范光荣称号。

1987年　11月，在全国青年京剧演员电视大赛中荣获荧屏奖。

1988年　8月13日至10月3日，赴英国、丹麦、瑞典进行为期五十天的访问演出，主演《白蛇传·水漫金山》《扈家庄》。

1989年 9月，被评为国家二级演员。

参加第二届中国艺术节"大连之夏"，主演《百花公主》。

11月末至1990年3月末，赴法国进行为期四个月的巡回演出，主演《扈家庄》。其间于1990年3月5日参加联合国教科文组织为纪念中国京剧诞生二百周年举办的京剧专场晚会，主演《扈家庄》。巡回演出结束回国后，受到文化部的通报表扬，荣获辽宁省文化厅颁发的集体三等功奖励证书和大连市人民政府颁发的集体二等功奖励证书。

1990年 3月，因表演的京剧《百花公主》（主演百花公主）荣获第一届大连市文艺优秀创作奖（1988—1989年度）。

4月，拜著名京剧表演艺术家关肃霜为师，学习关派代表作《铁弓缘》。

6月，荣获辽宁省首届戏剧"玫瑰奖"。

8月30日至9月5日，参加香港纪念徽班进京二百周年演出活动，主演《女杀四门》。

1991年 荣获全国中青年京剧演员电视大赛荧屏奖。

3月，荣获大连市"三八红旗手"光荣称号。

4月，在世界风筝都中国京剧演员邀请赛中荣获最佳表演奖。

5月，荣获大连市社会主义建设青年突击手光荣称号。

1992年	10月，拜著名京剧表演艺术家刘秀荣为师学习《百花公主》。
	12月16日至18日，在北京吉祥戏院举办个人京剧专场演出，主演《百花公主》。
1993年	3月，荣获大连市"三八红旗手"光荣称号。
	9月，被评为国家一级演员。
	9月28日至12月2日，赴日本巡回演出，主演《白蛇传·盗草》。
1994年	6月16日和17日，在北京举办个人京剧专场演出，主演《百花公主》和《白蛇传》。
	8月，被中国艺术研究院和《中国当代艺术家名人大辞典》编委会授予中国当代艺术家名人荣誉称号。
	8月25日至11月6日，赴荷兰、德国、比利时巡回演出，主演《八仙过海》。
1995年	1月12日至29日，赴法国、瑞士巡回演出，主演《百花公主》。《百花公主》由法国博达音乐公司出版发行CD，并收入"世界音乐"系列。
	7月，荣获大连市人民政府颁发的市政府特殊津贴及证书。
	9月28日至10月6日，参加大连市综合艺术团赴韩国巡回演出，演出剧目是《京剧风采》。
	10月16日，荣获第十二届中国戏剧表演艺术最高奖"梅花奖"。
	个人艺术小传被收入"中国京剧艺术丛书"《京剧知识手册》（天津教育出版社出版）。

1996年	3月，应邀参加中央电视台春节元宵文艺晚会演出。

3月，应邀参加中央电视台春节元宵文艺晚会演出。

5月，荣获大连市1994—1995年度劳动模范称号。

5月15日至7月13日，赴日本巡回演出，主演《秋江》。

9月23日至11月30日，赴日本巡回演出，主演《百花公主》。

12月2日至1997年2月2日，赴法国、瑞士巡回演出，主演《百花公主》，并应邀赴法国戛纳国立舞蹈学校，为师生举办中国京剧知识讲座和京剧形体训练及化装表演。

1997年 3月，荣获大连市青年女性人才奖一等奖。

6月，在天津中国大戏院主演《女杀四门》。

7月，应邀随中国文学艺术界联合会"梅花奖"艺术团赴台湾、澳门巡回演出，主演《白蛇传·游湖借伞—水漫金山》《百花公主·赠剑》《女杀四门》《四郎探母·盗令》《红鬃烈马·银空山》。其间，还多次参加与台湾票房交流演唱活动。

10月，复排现代京剧《智取威虎山》，饰演小常宝。

11月18日至12月23日，应荷兰国家歌剧院的邀请，赴阿姆斯特丹参加中西合璧的现代音乐剧《希尔》的创作和排练。

1998年 3月，入选大连市第六届十大杰出女性。

4月，中央电视台录制播出由我主演的《铁弓缘·行路》《百花公主·赠剑》《敫桂英·告庙》《铁弓缘·长亭明志》《白蛇传·游湖》《白蛇传·盗草》《白蛇传·断桥》《白蛇传·合钵》《霸王别姬》。

7月3日至23日，出访巴西，参加圣保罗亚洲艺术节，主演《百花公主》。

9月3日至18日，赴意大利、瑞士巡回演出，参加意大利都灵9月音乐节和瑞士卢加诺音乐节，主演《百花公主》。

10月，荣获国务院颁发的政府特殊津贴及证书。

1999年 2月24日至3月17日，出访日本，主演《霸王别姬》。日本NHK电视台做了实况转播。

5月，荣获首届大连市艺术人才基金会颁发的"杰出人才奖"。

因在《西门豹》中饰演陶玉这一角色荣获优秀表演奖。

9月，赴日本演出全本《杨门女将》，在剧中饰演穆桂英。日本NHK电视台做了实况转播。

11月27日，应荷兰国家歌剧院的邀请，再次赴阿姆斯特丹与该院排演现代音乐剧《希尔》。

2000年 1月18日至26日，参演的现代音乐剧《希尔》在荷兰国家歌剧院正式公演。

5月，荣获大连市文艺最高荣誉奖——"金苹果"奖。

6月，荣获第二届大连市艺术人才基金会颁发的杰出人才奖。

2001年 5月20日至7月15日，赴日本巡回演出，主演《霸王别姬》《百花公主》。

2002年 1月，当选第四届大连市戏剧家协会副主席。

6月，参加慰问全市公安干警系列专场文艺晚会。

11月，参加热烈庆祝党的十六大胜利召开专场文艺晚会。

2003年 1月，参加大连市文艺专业剧团送戏下乡（庄河）慰问演出，主演《穆桂英挂帅》。

5月，参加大连市委宣传部、市文化局举办的慰问白衣天使演出活动。

6月，参加大连市文联与市委宣传部、市文化局共同策划和组织的"打造文化大连"之"让高雅艺术走近市民"演出活动，先后赴各区市县、市内各主要广场演出。

8月，为庆祝八一建军节，赴部队干休所慰问演出。

2004年 5月22日，为纪念毛泽东同志《在延安文艺座谈会上的讲话》发表六十二周年，参加大连市文联、市文化局、市剧协和大连造船重工联合举办的大型文艺演出活动。

2005年 1月，参加大连市文联与市广电局联合举办的"百花颂春"大连市文学艺术界2005年春节大联欢文艺晚会演出。

7月，参加大连市精神文明办、市建委、市慈善总会共同举办的"大连——我们共有的家"关爱农民工、创建全国文明城市大型慈善义演晚会。

根据大连市文化局、市教育局的安排，赴有关区、市、县中小学，参加"2005高雅艺术进校园"系列演出活动。

11月12日至19日，赴日本巡回演出，主演《秋江》。

2006年 5月，参加大连市文联、市文化局、市广电局联合主办的首届中国大连"千品之春"国际京剧票友节演出活动。

2007年 入选2007年度大连市文艺界十大有影响的人物。

4月，当选第五届大连市戏剧家协会副主席。

10月，参加大连市文联承办的"金秋送和谐，科技促发展，喜庆十七大"慰问机车员工演出活动。

12月14日至31日，赴法国巡回演出，主演《白蛇传》。

2008年　11月，赴日本访问，应邀在冈山商科大学及孔子学院做中国京剧知识讲座和化装表演，演出《贵妃醉酒》片段。

2009年　6月14日至19日，赴台湾省访问演出，在台北演出《风雨杏黄旗》，饰演方银花。

7月，大连京剧院排演国庆献礼剧目《圣女传》，饰演赵一曼。

2012年　3月，当选第六届大连市戏剧家协会副主席。

3月10日，做客大连电视台大型人物访谈节目《文化星空》。

4月18日，中央电视台在《CCTV空中剧院·东北行》栏目中播出我主演的《百花公主·赠剑》。

2013年　9月，应中国文学艺术界联合会和中国戏剧家协会邀请，出席在北京举办的纪念中国戏剧"梅花奖"创办三十周年系列活动，个人艺术小传收入由中国戏剧家协会编辑出版的大型画册《梅花谱》。

10月24日，被评为辽宁省二级专业技术人员。

10月28日，大连京剧院数字电影《白蛇传》在大连宏济大舞台举行开机仪式，饰演白素贞。

2015年　2月，应邀参加中国文学艺术界联合会组派的演出团，赴克罗地亚进行"欢乐春节"杂技、戏曲专场演出。演出的剧目是《贵妃醉酒》。